岭南诗意

走近广东诗人

郭锦生◎主编

羊城晚报出版社
·广 州·

图书在版编目（CIP）数据

岭南诗意：走近广东诗人 / 郭锦生主编. — 广州：羊城晚报出版社，2018.12

ISBN 978-7-5543-0670-3

Ⅰ. ①岭…　Ⅱ. ①郭…　Ⅲ. ①诗集—中国—当代
Ⅳ. ①I227

中国版本图书馆CIP数据核字（2018）第267601号

岭南诗意——走近广东诗人

Lingnan Shiyi —— Zoujin Guangdong Shiren

策划编辑　朱复融
责任编辑　朱复融
责任技编　张广生
装帧设计　友间文化
责任校对　杨映瑜　王晓娜
出版发行　羊城晚报出版社
（广州市天河区黄埔大道中309号羊城创意产业园3-13B
邮编：510665）
发行部电话：（020）87133824
出 版 人　吴　江
经　　销　广东新华发行集团股份有限公司
印　　刷　佛山市浩文彩色印刷有限公司
规　　格　889毫米×1194毫米　1/32　印张11.875　字数250千
版　　次　2018年12月第1版　2018年12月第1次印刷
书　　号　ISBN 978-7-5543-0670-3
定　　价　58.00元

序言

走近广东诗人

2017年，在中国新诗一百周年之际，为标榜广东诗人为中国新诗做出的重要贡献，对广东新诗进行一次巡礼和检阅，共推广东诗歌的繁荣，在诗人老刀和郭锦生的倡议发动下，我们举办了“广东新诗百年大展”。大展分网上多期展示、现场实物展示及诗歌交流研讨会等多种形式进行，聚集了生活在广东的各地诗人，活跃了广东诗坛，催生了新诗成果，受到诗友们的好评，达到了预期成效。

《岭南诗意——走近广东诗人》的编辑出版是“广东新诗百年大展”活动的组成部分和总结。本书共收录近100名诗人的作品，他们中既有中国作家协会会员、中国诗歌学会会员，也有痴情于诗的诗歌爱好者；既有土生土长的广东诗人，也有来自全国各地的在广东扎根生活的诗人；既有蓬勃向上的诗坛新秀，也有气定神闲的诗坛老将；既有大咖，也有草根……他们就像一个个点，凝聚成诗坛的面；他们就像一滴滴水，汇合成川流不息的诗海。

本书的结集出版旨在通过诗人自己与诗歌间的故事，让读者较全面地了解当前广东诗人的状况，以此拉近读者与诗人的距离，同时也是想为广东诗人充分地展现自我提供一个平台，更想为岭南营造些许诗意。通过书中呈现的诗人故事、创作经历、诗观以及他们的作品，读者可通过阅读本书，大致了解当前广东的诗人缩影和诗歌生态。

当然，广东诗人众多，编者水平有限，加上此书的编选时间和版面问题，此书未能完全涉及广东所有诗人，且在原作者的来稿中有所删减，未能做到更好更完美地选辑，此为编者所憾。在此特向未入选的诗人致歉，不足之处，祈盼广大诗人和读者谅解。

编者

2018年5月18日于广州

目录

阿桃歌

来自客家山区的诗者

阿桃歌，原名李海涛，广东龙川人，居广州。《射门》诗刊副主编，国际华文微诗群外联部副部长，广州市青年作家协会番禺分会副主席。

1992年年初，他从粤东北山区龙川县的农村来到广州打工，翌年加入广东梅州市射门诗社，先后担任《射门诗报》广州编委、《1985—2005中国打工诗歌精选》编委。1992年年底获得国家级刊物《儿童文学》举办的全国性“想象征文”大赛二等奖。

阿桃歌走过许多坎坷之路，但他始终与诗歌不离不弃。他踩着诗歌的韵脚，听从它的召唤，在它的意境中进进出出。他在《华夏诗报》《河源日报》发表的诗，附有著名老诗人野曼先生和著名打工诗人李晃的评论文章作为专栏推介。他的《叶与风》《小长沙村的一场秋事》《禁摩，我将悠闲地仰望广州的夜空》等作品，散见于《作品》《羊城晚报》《南方都市报》等国内省级刊物，《中华日报》（泰国）、《美中时报》（美国）等国外报刊。

2015年，阿桃歌加入了著名诗人熊国华教授主持的“国际华文微诗群”，不少作品被推荐在国内外刊物发表，被诗友赋诗誉为“微诗王子”。2005年11月，阿桃歌被邀参加泰国举办的2015年世界华文文学论坛及2015年第七届文心作家（曼谷）笔会，同年授权华语文学网（上海）签约的电子微诗集《子时的风》出版。2016年初荣获珠海2015绿荫年度诗人奖。2017年10月，他参加由西南大学中国新诗研究所、《关雎爱情诗》刊、中国梦文学网联合主办的纪念中国新诗百年庆典暨“中国新诗百年”全球华语诗人诗作评选中，获得“百位最具潜力诗人”奖。

“揭露内心的黑暗，鞭挞丑陋的人性。”这是阿桃歌的诗观。他的诗有温度，有硬度，又有宽度。他的诗温暖着人心，他也温润着诗歌的世界。

阿桃歌诗歌精选

◎一个夏日的午后

午后，带着夏日的蝉鸣
走进厨房，我拿着十字螺丝刀
默默地转动着螺丝，给予我一日三餐
息息相关的灶具，进行清洁和维护

笨拙的我，陌生地打量着内部结构
给你更换一对电池，尝试着
拨动点火按键，蹿起的火苗
很亮很红火，照得我满脸笑容
原来你只是忙中偷闲，罢工一会儿

我用抹布，伴着阳光
与你接触，洗洁精在双手的
搓擦之下，亮丽着不锈钢灶具
及每一只瓷器，泡泡在窗台透进的
光照下，显得绚丽多彩
与涌满我全身的汗水，一起幸福着。

阿里

生活的旗手与呐喊者

阿里，原名黄根生，江西吉水人，现居广州。广东省作家协会会员，广东省民革社会和法制委员会委员，高校教师。已出版诗歌作品《另类天堂》《冷漠的行走》《四班朝南一瓣朝北》《新启蒙诗选》。

阿里是个非常谦逊的作者。阿里每一首诗发表前，都要通过邮件发给我，征求对他诗作的意见和建议，他的谦虚使我非常感动，不难看出他对朋友是多么的真诚，对作品是多么的严格，这正是他走向成功之路的重要因素。他的诗作频频在作家网上发表，几乎每篇作品都能引起良好的反响，他与其他一批诗友的作品，支撑起了作家网的天空。他的诗风、诗骨和思想，正如叶延滨老师在序言中所说的那样，充满了才气和对生活的独特思考。

阿里是生活的旗手，他的诗字里行间表达着对生活的热爱，其中有他感情的真挚抒发，有他痛苦的绵绵倾诉，有他对爱情的极端渴望，也有他愤怒的无奈呐喊。他的诗风和语言，刚强有力犹如一把尖刀，可以刺破现实中的所有屏障，把生活的本质揭示给大众；他的思维就像快速转动的马达，生活中的任何事物瞬间会点燃他灵感的火花；他的节奏好似交响乐的旋律，时而低回跌宕，时而高亢奋进，荡气回肠。

阿里用一种非常规的手法或者说是想象写诗，写他对生活的感悟，写他对情爱的反思，写他对黑暗的愤慨，也写他难解的寂寞。尤其是对现实生活中的阳光与阴暗，他以爱憎分明的态度，或歌颂，或抨击，刺刀般的诗句让那些丑陋与黑暗体无完肤，让人看后实感过瘾；有些诗其思想性、艺术性，都可称为上乘之作。同时，也给我们提出了一个值得思考的问题：什么是诗，什么是看得懂的好诗，什么样的诗才具备直面生活的社会功能？（文/孟广顺）

阿里诗歌精选

◎头发的战斗（组诗）

头发的战斗

历朝历代的战斗
都是越过头发
把身体捅得千疮百孔，砸个稀巴烂
头发
真的能越过吗
它不是一直像天神
站在你全身的巅峰
俯视指示你
只是在你自以为是犯傻的时候
头发说什么你都听不进去
你甚至把头发剪短了
剃光了
一个人去犯罪
再也没有头发
跟你站在一起
你只好等着
被对手挫骨扬灰

头发都看见了

你做坏事的时候
头发都看得一清二楚
它一根一根数着你的恶行
一根一根算着你的危害
你防人防鬼无数
却防不了一直站在你头顶算计的头发
无论你对头发做了什么
它都默声不响
悄悄抗争
头发对你失望透顶的时候
它会变黄，变白
它会掉

你一生最大的对手
一直都如影随身
只因为它一直头顶理想
却扎根你这得了顽疾的颅壳

头发也上班

早上去单位上班
头发乱七八糟的
特别地引人注目

晚上下班了回家
头发已不梳自正
像极了战败归来

谁在奴役头发

头发一根根长在头上时
没有人规定它朝哪个方向长
于是
它就横七竖八地长
它就千军万马地长
长在头上的头发
像极了立足大地上的那些当权者的天
可是
硬有一些爱折腾头发的人
把头发浸泡溺水
整齐
剪得七零八落
涂满小丑色
甚至灭门
留下那野火烧不尽的根
来年长出来后继续折腾

阿翔

诗歌是一种自我修远

阿翔，原名虞晓翔，安徽当涂人，现居深圳。初中开始喜欢读诗，1986年阅读《诗歌报》“现代主义诗歌流派大展”，同年开始写诗。1998年至1999年游历新疆；2004年被安徽省文联《诗歌月刊》杂志社聘为编辑；2005年开始“北漂”生涯；2007年在武当山脚下隐居生活、读书、写作。2008年南下深圳，一待就是近十年。

阿翔被贴上太多的标签：旅人、啤酒主义者、民刊收藏家、戏剧人、摄影发烧友……但他终究是一个隐秘的诗人，或者说是一个矛盾的诗人，他把自己视为芸芸众生的一员，低调而平稳地生活。对他来说，诗歌是一种自我修远。

阿翔自小因病导致听觉神经受损，从而影响了说话表达的能力，他的两耳有不同程度的弱听，戴上助听器也无济于事。阿翔与世界的沟通，只能依靠笔和纸。沉默，给予阿翔内心的强大，给予他慰藉。通过写作，诗歌在灵魂的黑暗处发出隐约的光亮，哪怕是一闪而逝，这时候阿翔显得敏锐无比。在时间的消逝中，写作仍然是“日日新”的修远，即使掌握诗艺的秘密，它依然是永恒的秘密。就好像木匠掌握了技艺，但是再好的技艺，如果不是用于自己的创造，它最多按图索骥重复前人的经验。最困难的恰恰就是对经验的超越，这是由内向外的伸展。一个世界的自足性、丰富及不可捉摸的神秘，在他身外，却是与他内在相关的。

阿翔至今著有《少年诗》《一切流逝完好如初》《一首诗的战栗》等诗集，获“第一朗读者”2013—2014最佳诗人奖、2014年首届广东省诗歌奖、2015年第二届天津诗歌节“精卫杯”奖。参与编选《70后诗选编》（上下卷）、《中国新诗百年大系·安徽卷》《深圳30年新诗选》《面朝大海——2012年深圳诗歌大展》《深圳文学双年选·诗歌卷2014—2015》等，他曾参与由深圳作协和广东作协分别组织的代表团赴京参加现代文学馆举办“2015文学深军新势力——深圳青年作家研讨会”和北京大学举办的“广东诗人北大行诗歌研讨会”活动。

阿翔诗歌精选

◎拟诗记，应和

这是在夏日，九月是中年的酷热，躲藏白发，躲藏流动的人群
目中无物的时刻，碰到以前的朋友

真的是变了
形形色色，辨认不清，形同虚设。
燃烧的虫形，必须，就剩下大面积聋哑
因此我说不出话来，蔓延到手臂
纸比竹子烂得快
滔滔不绝，多动而活跃。现在你坐在那里静候
身上疾病的乳房，舞动的小黄金
像坛子融进心脏，杯中的酒比冰还冷
我不忍喝下，也不容于
向下的坠落。
高的和低的，层出不穷的道具，绝望，还剩下什么
你所看到的剧情，已经被篡改
造物中渺小的绿芽，轻颤的舌尖，在睡梦中
旅行箱不知所踪，我忍受着
不能说出的隐秘，一年已经结束
也是你的开始
足够一夜的欢娱，足够我
在小纸条写诗
然后销毁，无声无息，就像今天褪掉肿色

接近俗艳的正午
是的，再多的雨水，在阳光下照见你灵魂的暗影。

◎ 破绽诗

上帝一直是我的破绽。

——臧棣

必要的卷曲。远远看上去像是海啸丛林，
那些滥情的诗，在清理中明显减少了许多，
一如今天的翻转，可以忽略不计；

如果把情节安置在阅读的破绽，
即使什么也不会耽误，我们的一次性实验
实际宣告失效；

以至于你想从喜好获得教育，
这未免太过奢侈。但邻居时代的对话，
随时创造出不同世界的比例；

宛如一首诗混入财富，会产生什么样的
化学反应，很难说它不会给你示范出
类似变性手术的临床；

占卜并不存在。我们的白日梦不如
轮流吹口哨，我承认你比我还多一次

涂鸦机会，足以消磨时间；

必要的影子仅次于死者书，你完成了
激进者的角色，剩下的声色自觉实验成
多么滑稽的丛林艺术史；

被废止的必是最孤独的色情，
你惊异于一首诗的开放性，里面的破绽
暴露了我们超现实的死；

我的本意是，凡旁观皆为不满足于挖掘。
波浪时，你从未停止过从前的宽慰，
不波浪时，你从未在意过私人天气预报。

◎ 活页

起先，是另一些店铺，一条铁门，漆皮剥落
围墙剩下几块砖，通向树林的小径
被切断。

另一些人和事物尚未被发现（它们没有声音），她遇到了什么
从门外窥见无限扩张的国界，高空棉田起伏
秋日必将远去。

她的出现比我早了整整一上午

剩余的部分，我只为自己
再干一件事，比如把一首诗放进她的命运
像结婚证上落下的墨迹，擦也擦不掉
泄露出生理反应，让她不知所措，在厨房发出尖叫。

人一个挨一个，各怀心事
挤进拐角，我没有注意到细雨所带来的寂静
直到深夜酒醒，这些看得见的，就被遗忘得差不多了
“庆祝的时间到了，我需要说出哑语”，像是在她面前
换了新样式
实在没什么用处了。

偶尔新空气停留在那些短枝，我团着身子
移居无助的早年，一切都是暗的
就像眼前没有任何东西来扩充她的光晕。

脱节的火车磨磨蹭蹭，忽略了向世界凑近
似乎从未结束（如果这也算是堕落），我感到那些言行
举止
与她脱离了关系。飞鸟经过窗外
“晚安，晚安。”在她的命运中，一首诗被她宣布无效
最终变成冒牌货，纸碎片纷纷散落
而风杳无痕迹。

百定安

写作是不可替代的精神出口

百定安，河南洛阳人，现居东莞。

百定安写诗在20世纪70年代中期，那时以郭小川、贺敬之为师，以此消解“文革”的“诗歌”余留。大学时零星接触到阿赫玛托娃和俄罗斯白银诗歌，奇异之，但更多沉迷于台湾诗歌和朦胧诗。那些年艰难学来的，大都是过滤的现实主义和浪漫主义。他一直在努力，在追随，却始终徘徊，从来无法站在诗歌的前面。因而，所谓的新潮也不过是“真正诗歌”的尾巴。大学毕业后，业余专注书画艺事，很少写诗。之后又读西方文学专业研究生，赚了一麻袋本本主义。

诗界近来兴起一个新名词“新归来者”，百定安真正的回归应该在2005年，这可以看作他的诗写元年。自此，他已抛弃了种种俗念，致力于服从自我的心灵式写作。写作范围亦逐渐扩大，包括散文随笔、艺术评论和一些翻译，同时也写过一些小剧本。他认为，写作的意义即，它是不可替代的精神出口。若非，则大可搁笔。随着阅读与写作的深化，百定安开始从热衷于发表转向自由式写作。这种非功利写作，更接近写作的本质，更能挣脱各种羁绊进入一种真正的自由之境。

百定安对诗歌的各种流派始终抱以宽容之态，认为任何一种写作都有产生佳作的可能。同时他自己也尝试各类风格，并把“真在”和“试验”看作写作的两个重要品质。目前诗界整体上陷入一种无形的困境，如果没有新的进步，诗歌只能兀自热闹。再大的圈子也是小圈子，再多的作品也是重复。在如此的环境之下，百定安认为，保持必要的写作自信是重要的，建立风格和警惕自我重复也是重要的。

百定安诗歌精选

◎ 羊儿在山坡吃草

人们见面就夸
羊肉好吃
那时羊羔低着头
在半坡吃草

羊吃过很多草
长大了

人们置酒、劈柴、磨刀、莫须有
去屠宰地的路上
羊欢快地走在人前面，哼着单曲

◎ 胡忠阳在零下三度的洛阳生火

是这样的：
要先点着软火
软火燃着玉米芯
玉米芯燃着劈柴
火就硬起来了

他趴在地上鼓腮吹火
轻浮的灰烬

白白地撒在他凹凸的脸上
和流泪的右眼窝里

五十多岁的人啦
弯腰吹火的姿势，跟小时候
一模一样

白炳安

悟写札记

白炳安，中外散文诗学会理事，中国电力作家协会、广东省作家协会会员，肇庆市作协副秘书长。在《散文》《诗选刊》《诗潮》《诗歌月刊》《星星·散文诗》等发表作品。著有散文诗集《诗意肇庆》《与众不同》。

白炳安对诗歌有以下的领悟：1．语言是诗的外衣，要体现出美感，一定要穿得合适。诗的内涵靠外衣的打扮，而外衣得靠内涵来支撑，这样才达到外美内秀。外美的，是辞藻；内秀的，是真情。2．诗歌没有好的语感，失去精彩；叙述不当，失去准确；书写不到位，游离表达的主题；背离本真，就是假的同谋。3．诗人优劣的比较，表面似乎是语言表达能力的角逐，实则是综合能力（包括创造力、想象力、感悟力）的较劲。4．“诗思”是诗的孕育或者构思的基础，“诗写”是诗记录的过程或者结果。只有“诗思”满溢而转换为诗性奔流，才是最佳的书写时候。5．诗人靠作品说话，而不是靠吹、靠活动。吹出来的东西极易爆裂，经不起时间的敲打；活动得来的东西只是一时的虚荣，时过境迁，就会沉寂下去。6．诗歌是养心之物，折射出心灵高低之位。把心变成诗魂，让诗魂变成诗的钥匙，就能打开天堂之门。修身养性，感时而作，是好诗人的常道。7．决定一个人在写作上能走多远，往往不是他笔下驾驭的语言，而是他思想的力量。没有思想的人，他的书写语言再出色，也无法形成诗魂。8．在诗歌中，辩理，应该退隐到语言的背后，应该让意象、隐喻、暗示站出来表达存在的直觉，这样才有艺术的形象愉悦在视觉内。9．写诗是寻找物象，将想表达的感受物化为象，即意象。意象从物象转“意”而来，与心思联系，与语言构成一起，传达出哲理、生动成形象。10．诗歌有时在形式的表达上是简单的，在简单中写出不简单才算好，不应该为简单而简单化。诗意如酒，有浓有淡，浓重而淳厚，淡薄而轻浮。诗质高之乃诗意上，诗质低之则诗意劣，写诗者应视创造诗质高度为奋斗目标。诗的形式是桶，语言是水。桶装水不能过满，过满就溢泻出来；水在桶里应有荡漾的空间，让水跌宕，产生水的响荡声。

白炳安诗歌精选

◎ 距离

星与月，同驻一个天空
不远不近，隔着不厚不薄的一片云
夜夜朝歌，却彼此在各自的位置
摊开一卷无字的光书
风声鹤唳，月的目光中，视星的闪烁
如芒刺在背
星的触觉里，有灰色的瓦片划伤天空
云无处可逃

星与月，犹如我与她
同在一个城市生活，却咫尺天涯
现在我正回头看一下
她的出发点与我站立的地方
不在一条道上
天空又高又淡，而她的影子
越来越像一叶黑帆
与我想象的对应的秋水，越来越远

◎ 现场的证词

一担青菜已经散落一地
先生，你依然不放弃执法的力度
争夺老太太扯住不放的担子
像狼抓住羊一样，异常亢奋
现场，不只我一个人
听到老太太的哭喊
先生，她现在落难成你手里的蚂蚁
你还想放到沸水里泡么？
怎么看，此时她都像一把琴
被你狠心一摔，断了弦
什么也不好说了

蔡赞生

每一行诗的创作都匍匐于朝圣之路

蔡赞生，广东陆丰人，高级中学语文教师。广东省作家协会会员，中国诗歌学会会员，汕尾市诗歌学会副会长，汕尾市作家协会诗歌委员会副主任。在《星星诗刊》《诗选刊》《作品》《中国文化报》《羊城晚报》《南方日报》《汕尾日报》等报刊发表作品，出版诗集《一生的神》（2007年）、《指尖上的诗》（2015年）。参与编撰《活的记忆》《多彩的精神符号》《陆丰钱鼓舞》《陆丰印象》等书。

他认为“一首诗歌读罢，如果你不是身心都有感受的话，那不是一首好诗”。

他的诗明朗而又灵动，粗犷时如大海边历经波涛汹涌的岩石，细腻时又如大海边缓缓起伏的细浪。他重视诗意的力度，诗风开阔，意象富有质感。

多年的诗写生活，令蔡赞生颇有一些娴熟地化解日常琐碎、匍匐于自我的低位思想者的意味。他认为诗歌写作首先是一种对艺术负责的写作态度，在创作过程中通过对诗歌语言的精密处理，充分发挥各种写作技术的艺术效果，从而准确地表达诗歌的主题。近年来，他的《自圆其说》《蚂蚁的传说》《偏向心跳的地方》《来不及醒来》等作品，为汕尾乃至粤东的诗歌创研作出探索。

蔡赞生的诗思有一种符合他本身职业的端正与审慎。他的诗写并不迷恋广阔的、高大上的具物，他的创作素材从日常中汲取，充分调动自我的意识去辨析、取舍，而后形成个己的诗写形式，并以对琐碎日常的化解，偏于内敛的思想，从超越的日常中形成、构成他颇显洗练而富于情感性与思想性的语言特色。

蔡赞生诗歌精选

◎ 偏向心跳的地方

像一艘船滑向海心，揉碎红酒瓶的木塞
属于某段的时间
走完。必须走出来，不露一丝破绽
我与风中的碎末交谈
随意而闪烁
敷衍，散步，让狗遛到隔板
凭光感，好大一轮红日浮上来
魂和魂对上了
天空很红，红得以为我还是来时的
莽撞

还是童话里，无缘无故惊悚的
一匹栗色马
不知轻重，却未敢试探
我得习惯，偏向海的一边
偏向心跳的地方

◎ 蚂蚁的传说

爬上纸端的蚂蚁必然是深刻的
它失意于蚁群
它没有居所，将长久孤苦伶仃
清醒时，逃窜
或逡巡

柴米与思想之间
总生长着某种古老的敌意
偶然的，是运。适时的位置
成为美好的注脚
必然的，是命。谁弹指一出
或玉殒香消，或沉沙折戟

◎ 来不及醒来

来不及醒来，名字烂在泥沼
睁开一只眼
另一只放在名字的旁边
迷路了
就折回去直到某座废桥
无数残枝
我想起我不是一个人来
来的时候，还有坚硬的撞击声
从身旁呼啸

醒来的时候灯火裹满了风
白鸟贴在水面飞行
远去，熄灭，或者改变
或在岸上，看见谁和谁满怀忧伤
彼此寻找

灵魂的正午
很多地方都不用再看，身在原地
河流还是河流，涉足同一片清澈

蔡小敏

诗歌是一面镜子

蔡小敏，广东省作家协会会员，中国诗歌学会会员。出版散文集、个人诗集、诗合集多部。诗作发表于各级报刊，作品入选过《当代传世诗歌三百首》《中国年度诗人作品精选》《广东青年作家诗歌精品》等选本。

蔡小敏对于诗歌最初的印象只是一种体裁，当无限接近时，诗歌于她，是一种情感。情感，应该是世上既复杂又简单，既具体又抽象的东西。任何事物只要沾上“情感”，就很难割舍。

牙牙学语时，身为语文教师的母亲就开始教她念古诗。上学后，她的诗歌在课堂上常被老师作为优秀范文来讲授。然而在大学时期，她却远离了诗歌，转而亲近散文。但是，她不得不承认，没有哪种文学体裁能够拥有比诗歌更多向更丰富的解读空间了。

2009年底，蔡小敏收集出版了第一本个人文集，韩山师院黄景忠教授亲自为她写评《诗意地聆听和探寻》，字里行间，不但印证了黄教授的认真和严谨，也读到了他传递的温暖和能量。2010年10月，郑培亮老师推荐她参加第三届广东诗歌节，让她触碰到现代诗歌最前沿的脉搏，改变了她之前自我封闭的状态，有了对现代诗及其创作的初步了解和认识。

新的认识引发新的思考，但是当诗歌创作无法找到一条清晰的思路时，也就容易陷入一个更迷茫的阶段。2010年年底，雪克老师的不断“敲击”，让她明白，诗写从“小我”走向“大我”，才更具意义，走得更远。

写诗不是一件容易的事，但是她愿意把诗歌当作一面镜子，在观照之中不断审视、洁净自己的灵魂。

蔡小敏诗歌精选

◎ 桃花

这样阴郁的下午
我不知道该浇水，或是剪枝
在一朵花前手足无措
熟悉的事物都各怀心事

这个世界
总有阳光无法到达的地方
流年偶尔像个孩子
孤单地坐在床沿

◎ 古典式孤独

有些孤独与墨相关
比如用泪水研磨秋天
瓷瓶倒扣着
梅花很远

哪位美人扶着竹马
绣鞋上沾满意淫的尘埃
飒飒风声里
盗马贼从千里之外赶来

铺纸，起意，泼墨前打坐
待遮羞布飘走
洒一点倾情时的酒气
让日子微醺

◎ 裂痕

黑暗中，零散的蝙蝠
又在城里穿梭，它们的丑样子
让我想到一些暗疾
冷漠的下水道、掉漆的邮筒
自以为是的电线杆
穿行其间，我也是夜行动物的一种
地铁的轨道灼热
偶尔的急刹车，擦出火花
这些都是不要紧的事
一拨一拨的人
在一个同体的圆圈中兜转，迷失
擦肩而过，又在圆圈中
把日子和情欲
磨得比古钱币更冷更圆

朝歌

城市诗歌的践行者与守望者

朝歌，广东客家人，出版诗集《玻璃心》，青年诗人，现定居东莞厚街。

东莞这座城市非常独特。朝歌生活在这样一座城市里，耳濡目染，给了他很多诗歌创作的灵感。2011年他出版了诗集——《玻璃心》。他说现代社会是以“钢铁”“玻璃”为建筑材料建造的，他希望把现代生活脆弱的、易碎的“玻璃”写出来。所以“玻璃心”其实就是他想要表达的一种现代生活的“隐喻”，这也是每一个生活在城市里的人要面对的一个心灵困境：用玻璃制造的心灵，终将是易碎的。他说：“也许是缘分，我喜欢东莞，它是工业的、现代的，也是农村的、静谧的，具体来讲，我生活在东莞的一个镇——厚街镇。它表面上看起来像繁华的城镇，其实骨子里还是很农村的。我喜欢这样的混沌状态。”

朝歌的诗歌文本大都是写现代社会个人生活和情感的一些私密体验，跟他自己所感受到的“当下”社会生活联系紧密，属于“现实主义”，姑且把它叫作“城市诗歌”吧。“时代坐标”“城市精神”是他希望达到的“野心”，他一如既往、专心致志地书写他的城市生活体验，虽然有时也会阈于自我视野的局限，但细读他的文本，确实触及了城市人内心生活的苦痛与挣扎，这是难能可贵的。朝歌的“城市书写”在一定程度上以人性的光辉审视现实，感受当今社会浮躁的本质和底层的艰辛，以厚街（东莞）为现实背景的创作题材，具有一定的时代意义和城市坐标上的诗歌价值。

我们要在一个玻璃城市里工作、生活，要在焦虑的、破碎的、碎片化的都市情感体验中寻找内心的平衡与寄托，谈何容易？朝歌选择了诗歌这种文学体裁，他在书写“城市诗歌”中，始终是寄予热切的希望的，希望生活在城市中的人民大众能够通过诗歌，找到自己心灵的出口，从而达到内心的平和和满足。他说：“我是现实派的诗人，我生活在城市的现场，我要表达的情感肯定是现实的，而不是虚无的。这是我的诗歌观念的一个基本出发点。”

朝歌诗歌精选

◎ 玻璃心

朝歌的心是玻璃心
表面坚硬，内质脆弱
怀春的少女手持锐器
在他玻璃的心上刻画花纹
有人画上花朵，有人画上蝴蝶
恋爱的风景一闪而过
有人写下自己的誓言
然后又轻轻擦去
有人把戒刀捅进他的心窝
玻璃碎在血的心脏里
朝歌的牙齿咬碎了
吞进自己的肚子
朝歌不需要孤独
他的孤独里站满了人

◎ 厚街之歌

十年，多少人来来往往，像流浪的淘金者
手握铁锹，在人潮汹涌中挖掘黄金的梦想
又有多少人走走停停，像无根野草，咀嚼谎言的苦涩

十年青春啊，仅是一个现实的梦魇么？

美艳女子不说话，她叼着甜烟
眼睛深陷眼神凄迷，习惯了夜色的朦胧。
真假何必分清，青春证明自己存在
人生如梦，醉醒之间自有乾坤

十年，这命运的屠夫
疾病一直形影不离

留下残损的躯壳，肉身和灵魂
青丝溃败成白发
光滑的肌肤黯淡干枯
包裹同样干枯的骨架
曾经圆挺的乳房被吮吸殆尽
生活强暴了一具美丽的肉体
美艳女子如是说

◎ 怎样成为更好的人

生活的肉体并没有腐烂
而是你的思想腐烂了

生活在城市里的人
当然愿意成为更好的人

他们的生物钟
决然无法调回到乡村的
鸡鸣狗吠

从天空的角度下看
城市和乡村也没有太大区别
它们都是土地上的事物
楼房和庄稼并无二样
要收割时都可以收割
要腐烂时都一样腐烂

问题在于怎样成为更好的人
作为每一个受到恩赐的城市人
感受一下脚下的土地
水泥覆盖的下面
掩埋的是曾经的村庄

常彬

充满个性的精神世界

常彬，绰号“白袍船长”，家在广东深圳，中国90后作家联谊会常务副主席、安徽省青年文化发展联合会名誉主席。

常彬的精神世界充满个性，他和朋友们在一起兴奋的时候，或者他出门旅游看到美丽的景色，除了照相以外，还会来一段即兴的舞蹈：他用手把他身上白色长袍的衣角扯住甩，他称这种舞蹈为“甩衣舞”，每次跳甩衣舞的动作幅度和速度都跟当时的情境和他的心情有关；常彬还无可救药地迷上坐火车，而且专门坐慢车，他毕业后每年坐火车少则二三十趟，多则七八十趟，连一些列车员都认识他了……住在深圳的语文教师马汉兵这样评价常彬：“有些时候，看不懂你，有些时候，很羡慕你，你在我们普通人眼里，总是捉摸不透，与众不同，你，就是你，不一样的烟火，不一样的人生，其实我喜欢看你的视频，你的文章，其中透露出来的愤怒，傲娇，义气，执着，文采，怀旧，感性等等，注定让你的人生别具一格。”

常彬自幼受爷爷奶奶影响而热爱文学，加上他特立独行的性格，促成了他文风的个性。他的作品读起来有些另类，曾遭到一些朋友的不解。后来他通过李开浓认识了广州的老刀、老典等几位自称创作“脑残体”诗歌的诗人（“脑残体”意思是用障碍为意象写诗），和他们产生高度的共鸣，如此大大增强了他坚持个性文风的信念。

青年诗人金涛这样评价常彬：“白袍船长是我身边最有文人气质的人，偏执、古怪、细腻和伟大。”常彬认为，性格决定了精神世界，因为“寻找同类”的本能，会不自觉地加入相对合拍的文学群体，无论如何，文学能走进自己的人生，并让自己喜欢，是一件好事。

常彬诗歌精选

◎ 睡在一袋垃圾上

垃圾袋装满了垃圾
我拿来当枕头
耳朵贴在它的心脏

“我是被人类吃完了扔掉的”
“我是被人类没吃完就扔掉的”
“我是被人类吃都没吃就扔掉的”

我对它们说：
你们起码物以类聚
而我，出了家门就要走进人群

◎ 太平间的光芒

午夜，太平间的灯光照亮了整个医院后院
这里，是漆黑世界唯一光明
耳朵贴在门缝里
这里有一张床是为我准备的，将来

当你照亮了整个世界
我明白啦！
你才是世界上最纯洁的净土
你珍藏了无数的梦想，无数美丽的记忆！

陈志江

生活因为诗歌而丰富

陈志江，广东省散文诗学会会员，广州市作家协会会员，南沙区作家协会理事。

20世纪80年代，陈志江在师范学校读书，最先接触的就是诗歌。那是一个诗歌盛行的年代，堪称诗歌的黄金时代。新诗人不断涌现，老诗人也重新被推崇拥戴。北岛、顾城、海子、舒婷、余光中、戴望舒、徐志摩……曾经让他迷恋不已。特别是“朦胧诗”的领军人物北岛和舒婷的诗歌，很多他都能倒背如流。那也是中国大学生诗歌风靡一时的时代，各种思潮、流派获得了极大的发展空间。在这样浓烈的文学氛围下，他和几个志同道合的同学创办了校报《连师报》，其间创作了不少现代诗，除了在校报发表外，还有些诗歌得以在《中国青年报》等报刊发表，更加激发了他创作诗歌的热情。

参加工作后，身为中学教师的他仍然笔耕不辍。这些年来，他写了不少文学作品，分别发表在《小说选刊》《杂文选刊》《羊城晚报》《星星诗刊》《广西工人报》《西藏法制日报》等报刊。丰富的生活阅历，让他时常有不吐不快的写作冲动，让他保持着经久不衰的创作热情。

他的诗歌《南顺双珠竞芳华》获得顺德作家协会和广东省散文诗协会举办的征文三等奖，诗歌《把心扉放牧在逢简古村》《做一个横刀立马的男儿梦》《我在树生桥上流连》入选《广佛诗人看顺德》一书。散文诗《拥抱东涌，以诗的名义》获得广东省散文诗学会和东涌镇举办的2017年全国征文三等奖。

生活因为诗歌而丰富，诗歌因为生活而绚丽。陈志江，这个生活的歌者，将会在诗歌的道路上一路阔步前行。

陈志江诗歌精选

◎ 把心扉放牧在逢简古村

青砖墙　麻石路
古巷道　石狮子
绕村而过的小河涌
在岁月轻微的呼吸中
潜伏在流金溢彩的季节
逢简古村以素面淡妆的姿容
把水乡宛如处子的柔美
绽放在阳光的深处

涌边戏水的红衣女子
把河水撩拨得心潮起伏
细碎的水珠闪亮成含情脉脉
阳光从细叶榕的叶缝里挤进来
流水淙淙　岁月静好
我静静地伫立在一株老榕树下
聆听时光的暮鼓晨钟　听岁月穿越莽莽洪荒
劳碌奔波和荣辱　凡尘俗念和离愁
远在千里之外

一只水鸟的起飞　一棵垂柳的倒影
一丝春风的拂过　一声婉转的虫鸣
这一刻 都能触动我心底的柔软

这一次　我彻底将自己的心扉打开
放牧在宁静安详的逢简水乡
我在自己的心床上禅定　忘了来时的路
也无心去看前面那鲜花　或者荆棘

明媚的阳光　宛如母亲的手
轻抚着我薄雾氤氲的眼睛
触手可及的幸福
透过清冽的微风
溢满我荒芜的心田

◎ 做一个横刀立马的男儿梦

雾霾常常蒙住了太阳的眼睛
浮躁游走在喧嚣的大地
迷茫慌乱的眼睛　找不到被藏匿的路标
英雄远去　强劲的足音被凛冽的风带走
消失在乌鸦聒噪的原野

趁着初夏的阳光撕开了厚厚的云层
来一趟顺德均安　让阳光
洗濯风尘仆仆的肌肤
洗濯习惯弯着的脊梁
抬起温顺低垂的眼帘
去仰视英雄的耀眼

这块肥沃秀美的土地
曾经腾飞起一条矫健的蛟龙
一个黄皮肤黑头发的中国人
用自己的一双铁拳　征服了世界
他是黎明刺破黑暗的那一缕阳光
他是静寂中的那一声呐喊
截拳道　汗水和坚毅炼成的格斗经典
双节棍　呼啸着破空而来
夹杂着蛟龙的尖啸　顶天立地　气吞山河
中国功夫这一粒茁壮的种子
得以在世界的每个角落开花结果

在这个普遍精神缺钙的时代
懦弱遍布脚下的每一粒尘土
亲爱的朋友　请踏上顺德均安的土地吧
枕着李小龙的名字入眠
做一个横刀立马的男儿梦
挺直铮铮男儿的脊梁
热血浇轩辕　铁骨铸华夏

陈仁凯

一个弓行着的自由诗吟者

陈仁凯的诗，给人的第一个印象就是对生命的尊重。陈仁凯作为诗的“叙述者”，不单是独立的，同时是跨界的，在肉身与灵魂之间，让渡着一种祈祷与祈求的东西。那东西叫理想，理想是可能实现的，也可能破灭的。它与梦想截然分开而成为一种智性的游戏。这种游戏具体表现在诗的创作中，被一种浪漫的、感伤的、忧郁的情怀包裹，装饰为一种素朴的诗行：

“冷冷的面容挽留住/阴霾的背影”“那一年清明种下的/一棵是丁香树/另一棵也是丁香树/在春天里/它们仅仅残留着/枯萎的枝条/恍惚多年以前你裸露的/脉搏/在寒冷中/呐喊温暖”。

尽管鲁迅在《野草》中早已有过这样的句子：“在我的后园，可以看见墙外有两株树，一株是枣树，还有一株也是枣树。”鲁迅的隐晦，在陈仁凯这儿变得裸露或张扬，他直接地呼应了呐喊和呐喊的温暖。他明白他所要叙述的，是关于“所有的房间都关闭了”的焦虑与苦闷，而在另外的城市，在“南方的雨中”敞然打开。关闭与打开，苦闷与欣喜之间，有一种生命的让渡。那么，尘归尘，土归土吧！

作为诗人，陈仁凯站立的地方，在生命危殆的悬崖边。内心的恐惧与此前的焦虑，在他的诗句中，有一种世外的力量，在支撑并解构着他的内心，这种矛盾，却以毫不犹豫的方式，做出了某种并不妥协的宣誓：“路过之地就是故乡，月光铺就了路途/我们栖身于云朵的阴影/围着一棵树，它就是我们的父母/孕育，生息和劳作，它沉默/无数的叶子与果实/是相濡以沫的兄弟姐妹/从拥挤中相互取暖，窃窃私语。”

读一读仁凯的诗，仁爱之心，礼义之情，或许会因此凯旋。

陈仁凯诗歌精选

◎ 光明引

一

持久的黑暗已消失殆尽
只剩下光铺满枕头
遇见的人把梦也一并带走
我与她素不相识，恍若
一棵树站在另一棵树旁边
老死不相往来

长着黑羽毛的鸟停在窗外
透过玻璃，它能否洞察
我正在窥视，而我
是一团黑影，抑或白昼般透明

二

我有罪，把一天断成三截
一截用于盗走月亮的柔弱
一截用于掩埋太阳的激情
一截用于点亮半夜的油灯
尘土铺满归家的路

我不是盗火者，也不是摆渡人
生灵行于水上
我独立于阡陌，夤夜的更漏

只在久远的坟墓里响起
来吧，众草勃发
它们的亮色深藏在根系

三

我的脸上布满灰尘
皱纹状若沟壑，只有眼睛
浮现如一口深井，幽暗中
掩饰了所有的冷和时光

大地折断飞翔的翅膀
远行的人失去了方向
在夜鸦憔悴的鸣叫里
一颗星辰泄露宁静的秘密
如果我是一匹狼，仰头
但永远无法保持郁闷的呼啸

四

沉迷于阴冷的海床是可悲的
散乱的火山抬高了波浪
它们只有热，来不及发光

儒艮如此笨重，收割成片的海草
长久失明，看不见浮槎和月色
身姿偶尔曼妙，呵，美人鱼
我可以呼唤它更加浪漫的名字
深海的温暖

或许被吸附于紧闭的眼帘
明亮的路途一直就在心内

五

深潜与跃起都是一种命名
奔跑也是，有人开始逐日
我仍蜷缩乡村一隅，庄稼
在我的身上生长和结实

野花低泣，头顶的季节显得
短暂，它只有二种颜色
白与黑，而我愿意得到第三种
灰，如梦呓表里如一
嫁接在爱与恨的谎言

六

该上路，就上路吧
山与海之间，海与山之间
我与影子之间，有风有雨
云朵渴望水滴汇聚
我渴望落下，像一支箭
毁灭欲望和残缺

那么给我一个圆，像车轮
像气泡，像不着边际的热
给万物以生命，给我
以消解坠落的言辞，让阳光
无限延伸，并且久远

陈玉梅

诗是走过的岁月留下的光芒

陈玉梅，笔名情韵悠然，广东新会人，广州市青年作家协会会员，西部散文学会会员。她喜欢用诗歌和散文诠释真善美，解读自然和生活。她的诗是走过的岁月留下的光芒，有心灵的温度。

在农村生活的日子，乡土气息已根深蒂固地扎在她的心灵，使她敬畏土地和粮食，对尘世充满爱和怜悯。她的诗以生活经历和所见所闻为基础，不论描写自然，还是述说人生；不论说自己的事，还是说别人的事；不论写日常生活，还是写远方的风景，都融进了自己的思想和情感。她认为，大多数人的生活是平淡的，但平淡的生活也能体现思想的高度与深度。人之高大，是灵魂无处不在的觉悟。生命之美，美在有一双会发现美的眼睛和有一颗会感受美的心。她的大部分时间都在家庭、单位、城市间行走，除了享受平常的人间烟火，还学会了欣赏大自然，懂得每一棵草每一朵花都蕴含生命之美。她从简、静、素中抵达自由和丰盈。

2010年，她开始学写诗，不断探索和改进，近两年来，作品发表在《湛江日报》《汕头日报》《德州晚报》《辽源日报·作家周刊》《深圳侨报》等。有散文获中华文学奖，有诗作录入《中国新诗百年·青年诗歌大系》。她在文学网站当编辑期间，阅读和编辑了大量优秀诗歌，这增强了她对诗歌的鉴赏力和语言表现力。她主张诗歌要蕴含深刻的生存经验和生活哲理。

在这个喧嚣的年代，她愿用一颗本真的心，在文字的沃土上耕耘，爱护自己的心灵家园，关怀人间的悲欢，打开心胸，容纳四海，用干净而有温度的诗句面对世人。

陈玉梅诗歌精选

◎ 爱情的秋天

你与我
一半结果，一半凋零
记得从前的得意，也记得从前的失意

苍天在上
看见爱情的秘密，却忘记惩罚坏人

你与我
在彼此的平衡板上寻找支点
不知不觉，走向秋天

一切静下来，清下来
静静的，听得见目光中的梵音
清清的，看得见时光中的从容

我拾起果实的同时
把凋零的落叶藏在泥土中
或许，秋天也适合播种
你说吧
你说过的话
会不会发芽?

陈会玲

会玲式的呓语

陈会玲，广东韶关人。1998年开始写作并发表作品。现供职于南方报业集团。有诗及随笔见于《诗刊》《星星》《诗歌月刊》《诗选刊》《诗潮》《中国诗歌》等报刊。著有诗集《太阳一样的冷漠》。

陈会玲汇集了所有呓语者的全部特征，看上去琐碎、杂乱，充满了自恋式的自怜（《旧日》：她以一个模糊的影像/从人们面前闪过/她从不叙述，像个自闭症的孩子/她眼神忧郁，既像受伤又像抒情/她提前看见美丽的石头/却永远滞留在冬天/像一个反复运用的冒号/一再提醒，却没有下文）；跳跃、摇摆，且幅度很大，足以撑裂听众的耳朵（《我唯一想到的》：在想象与隐喻中，布满了对自己的杀气，怪诞时时从中渗透而出）（《阁楼》：坠落的愿望那么大/像一把匕首，插了二十七年/深得只剩下刀柄）。

有人说她的诗是“来自人间的酸楚消息”。北方的冬夜布满了贫穷与死亡、孤独与寒冷，漆黑一片而使人无所归依，“人间的酸楚”不言自显。所以陈会玲让读她的人充满了爱怜，但旁人的同情或同病相怜与她无关，她最需要的是来自她本人的同情。然而她对自己是残忍的，像冷兵器默许自己与冰冷、血污同在，“我看到我的血/在黑夜流出/河流一样的声音/像一个不听话的孩子/奔离我不幸的身体”，她视自己的身体为“不幸”，对灵魂的流血事件无动于衷，或者泰然处之。她没有给予自己以怜爱，如果有，也只有“怜”，“爱”却远遁于其身。

生活中的陈会玲，一如诗中的她，淡然、自语、浓郁的冷漠气息，把内心的炽热冬天一般掩藏于地表以下。（文/阿斐）

陈会玲诗歌精选

◎ 怀想

一个人读一些文字太久
就想去见你。清晨沿着河岸向北
傍晚的落日把我逼回向南的屋子
或者登上一列绿皮火车，托腮看着窗外

唉，矛盾的风景，你已早于我描绘
你留下的一朵白云，正攀爬着时代的山腰
这缓慢中的力，把一行打滑的诗句
推向干燥的九十年代

二十年后，我突然听见你的嗓音

◎ 真相

想到自己会死的孩子，在墙角哭泣
世界早已存在，不会因为一个人的出生
而变大，也不会因为一个人的死亡而变小
多么残酷。擦枪走火的一生仅仅活在纸上

于是爱上漫游，温和压住毒舌
成为中年的教养。一只老虎囚于铁笼
一群老鼠攻占城市

阵雨落在池塘，你不能说出更多

“我没有说出的，恰恰是真实的”

◎ 回忆一个下午

这是一个虚妄的下午
林荫道上的落叶，丧失了表情
一小片的阳光在聚集
刚刚说出的话，是笑浪里的波涛
我们站在远处，开始沉默
我听见内心的声音，绕过久远的岁月
深陷秋天的惶惑
多年后我独自回到故乡，在山梁小憩
我看见那奔跑的身影，带动
一阵阵的山风。倒伏的野草招摇
割裂指尖。这鲜艳的红
与蓝天一起，供认出
那从未遗忘的疼痛

陈田梅

一个在留守儿童之家成长的诗人

陈田梅，笔名千落，广东廉江人。在《广西侨报》《渤海早报》《辽宁青年》《校园生活》《廉江报》等报纸杂志上发表作品，著有散文集《Hello，廉江》（广东人民出版社）。

陈田梅是留守儿童，和父母在身边的孩子相比产生了自卑的心理障碍和抑郁，甚至自暴自弃，丧失信心，学习不求上进。读小学时，学校本着关爱留守儿童的宗旨，在市妇联和女企业家商会等社会各界共同的关怀与资助下，成立了“留守儿童之家”，为该校留守儿童撑起了一片爱的天空。

陈田梅性格胆小内向。老师根据她作文基础比较好的特点，安排她加入留守儿童文学社。在指导老师刘老师的鼓励指导下，不少孩子的作品见诸板报、校报、报纸杂志上。陈田梅是进步最快的一个，当然她这时期的作品在气氛渲染上多为冷色调，如《童年》一诗中：我是奶奶带大的/她把我锁在家里就去田里干农活/四周静悄悄的/我很害怕/坐在凳子上哭/一只大公鸡走过来啄我/它的嘴巴尖尖的/我哭得更加伤心了……

随着年龄的增长，她的文学水平也显著提高。但她不满足，拜著名作家黄晓为师。黄老师长期从事教育教学研究和实践，教学颇具个人风格和特点，成绩显著，深受学员欢迎。在黄老师的帮助下，她的诗歌水平突飞猛进，先后在《校园生活》《廉江报》《渤海早报》上发表好几篇诗歌作品。她这时的诗歌已没有当初的冷色调，而是热情奔放，诗意盎然，对生活充满希望和幸福的喜悦。

她的诗观是：在浓烈的抒情之中，极为深切地展示诗人自我的审度与心灵的沉吟，有拨人心弦的情感魅力。

陈田梅诗歌精选

◎ 你温暖的手

你温暖的手
吻过我额头，梳过我发梢
盖住我流泪的眼睛
你拥我起舞，旋转
你说让秋风
携带枯叶去流浪
我不做北漂的游子

有了你
多少诗行写在诗集之外
多少告白，不再告别
有了你
多少破碎的梦境清晰
多少雨天，淋湿眼眶
你拥我起舞，旋转
你说让小狗
叼走愧疚，不再萦绕
当歪歪扭扭的笔迹
淡去
我安静地睡在你手心

陈映霞

致力于抒写『读后有所思』的诗歌

陈映霞，广东梅州市人，大学英语专业毕业。广东省佛山市作家协会会员。

自幼酷爱文学和写作，1989年开始在报纸杂志上发表诗歌。2017年4月份，出版诗集《缤纷的风》，受到一致好评。国内外有四位诗歌评论家撰文点评该诗集，诗歌评论分别刊登于《羊城晚报》《佛山日报》和《珠江时报》；该诗集荣获2017年佛山市青年产业工人年度创作大奖。11月，小说《故乡的月光》荣获第二届中华文艺全国文学大赛小说银奖。诗歌作品发表于《山东诗人》《天津诗人》《佛山日报》《天狼星》等文学杂志和报刊。作品登载于《中国诗歌网》《在线作家》《南海读书人》等网络平台。

写作是陈映霞的生活和思考方式。在诗歌里，有她真挚的追求和美好的向往，也有刻骨铭心的伤痛。一幅图画，一片洒落庭院的月光，一个不经意的笑容，都让她心怀感恩，凝聚成诗，更有人生道路上无数的相逢和别离，都让她柔肠寸断，泪洒衣襟。

写作是孤独的工作；写作需要一颗平静、诚实和强大的心灵。作为女性作者，她关注更多的是情感，她一直致力于抒写让读者“读后有所思”的诗歌和小说。她崇尚文风严肃，文以载道；讴歌人生，描述情与怨，揭示人性本来的赤诚、美丽与丑恶。

陈映霞诗歌精选

◎轮回

把黎明遣回夜
睡眠像一只倦飞的小鸟
掉进黑白分明的巢

能不飞的时候
我想栖息在你怀里
有一条古老的道路
已经启程

诚然，爱需要一场
灵魂的救赎
在这多灾多难的人间

过往所有的思念
像一场下在身体的雪
从你皑皑的白头
下到我茫茫的心头

◎四季

寒冬之船载着
命中注定你给我的冷
登陆上岸

远在我故乡的迷茫
其实，你和一场秋雨
早已登船

沉甸甸的思念
提前摇动
我一树的皱纹和白发

你火热的青春
像倒流的一江春水
把伤痕留在远去的船舱
在我如此苍凉的码头
你卸下了满船星辉

陈惠英

写真情的、有良知的诗

陈惠英，自由职业者。作品发表于《广西日报》《湛江日报》《湛江晚报》等。有诗歌作品入选《中国诗歌大观》《南方青年诗人》等不同的选刊、诗集。

十年前，她订阅《星星》《诗刊》《诗潮》《诗歌报》《扬子江诗刊》等报纸杂志，反复研究杂志上名家的诗歌，试着写诗。

2016年7月12日，海牙常设仲裁法院宣布由菲律宾单方面提起的"南海仲裁案"结果：中国对南海海域没有"历史性所有权"，并否定了中国一向主张的"九段线"。一个民间机构胆敢仲裁一个主权国家，并且还是联合国的常任理事国的中国！结果一出，国内舆论哗然，海内外华人、华侨、商会组织及90余国的230多个政党纷纷表态支持中国对南海拥有主权，并否认海牙常设仲裁法院的仲裁结果。

作为一个热血青年，陈惠英写下了《南海诸岛是中国的领土》："我们的领土寸土不让！/五光十色、瑰丽无比的南海诸岛/历来是中国领土/管理始于秦代/已有2000多年历史/中国渔民世代以捕鱼为生的地方/唐宋遗址、明永乐古钱/清代蓝花瓷盘/千里长沙，万里石塘/都是历史见证……"经过几次修改后，投稿到《九洲江》杂志参加"建党95周年、红军长征胜利80周年征文"。这首充满激情的作品内容切合实际，受到了评委们的一致好评，获得"建党95周年、红军长征胜利80周年征文"一等奖。

她的诗观是：写真情的、有良知的诗。

陈惠英诗歌精选

◎南海诸岛是中国的领土

海牙仲裁法院公布“南海仲裁案”
仲裁结果称有淡水、有家畜的太平岛
是礁
一个非法组织竟然敢仲裁
一个主权国家
真是荒谬无理
中国外交部发布声明
一切仲裁无效
我们的领土寸土不让！

五光十色、瑰丽无比的南海诸岛
历来是中国领土
管理始于秦代
已有2000多年历史
中国渔民世代以捕鱼为生的地方
唐宋遗址、明永乐古钱
清代蓝花瓷盘、王国彬造古井
千里长沙，万里石塘
都是历史见证

那细润光滑的沙滩
丰富的海底资源

引豺狼垂涎三尺
菲律宾、印度尼西亚、越南来抢
决不能让强盗侵占！
蚍蜉哪能撼倒大树
如果我们没有退路
就打吧！坚决打！
如果有人想通过炫耀武力
妄图抢夺南海诸岛
我们绝不答应！
用正义捍卫着我们的领土

陈惠琼

润物细无声的写作

陈惠琼，现居广州。广东省散文诗学会会长。作品发表于《人民日报》《文艺报》《羊城晚报》等报纸杂志，入选《中国当代诗人代表作名录》《中国散文诗创作概论》《中国散文诗一百年大系》《中国精短美文精选》等五十多个选本，多次获全国征文奖。主编有《中国年度诗人作品精选》《中国散文诗年选》等。

陈惠琼认为诗句对于自己来说，永远是新鲜的。在一片美的质地上，构筑着自己的艺术王国。风格和底蕴，造就了润物细无声的写作方式。诗歌需要作者以细致入微的观察和淋漓的笔触，深刻而有层次地依托大自然和生活景象，于奇妙构思之中，发挥个人的艺术感染力，并借助特定环境里的特殊感受、渴望和敏感，来激发诗歌本质的力量。

陈惠琼诗歌精选

◎ 珠江月

夜一直醒着，
按捺不住的悸动。
某日某月缺，
某月某日圆。
天际万里的白点，
穿透长长的珠江。
却是月亮，在珠江，
就像我在长长的珠江沿走……
从海珠桥到白鹅潭，走了那么远，
为的是寻找水面上的偶然，
为的是寻找梦里吻过的圆。
出现夜游的船追月，
一似当年的幻象——
谜一样，这个孩子眼睛之船追月，
显得真实。
豁然敞开记忆的影儿，
桥架在时间的水床上。
缓行一会儿，
珠江漆黑的诱惑，月以此情。
当心中冉冉升起太阳，
这里都撑着一把月亮的伞，
舔着珠江、沙面的生命……

分明是初秋的水，涓涓流动，
全然的感觉竟忘记月亮出来的流程。
咚、咚、咚的踱步，
随月重复……
依旧是跟随珠江月踱步的日子，
永恒的踱步就将成为生命的驿站。
在珠江月下慢慢踱步，
日子慢慢随月剔透圣洁，
一幕幕远走。
眼睛的窗户，走来的妩媚，
是珠江奔流的活水。

◎顺德众涌

不止一条涌。
一阵一阵的大风，把水量充沛的涌揣上怀。
雨，丁点，更大，更多呓语……
涌。一条挨一条，大大小小差不多……
思乡本来很纯，
一条条涌数，
数一数妈妈走出众涌的年头。
弥天而来的雨中一读众涌，
走向哪条，都屈服村的世界。
在众多涌的王国，破译众涌村庄一个生命之迷？
将涌中水声的辽远永远，
只到有一天，忆一下梁氏家族……
平常中的平凡——

典裘沽酒

一个终身难脱下垃圾诗人外套的诗歌贡献者

典裘沽酒，本名沈绍裘，这个本名只有广州80年代的一批诗人和音乐人这样叫他。早年老典写情诗，号称情诗王子。老典很早加入广东省作家协会，有诗选入《迷乱的星空》《当代青年诗人自荐代表作诗选》《朦胧诗三百首》等全国性诗选。

只可惜老典是个“不走正路”的人，他2003年开始触网写诗，正值中国新诗最先锋的诗歌流派“垃圾派”风起云涌之时。他被凡斯说动，加入其中，成为一匹黑马，写了一批惊世骇俗的诗歌，被《光明日报》《文艺报》等国内外媒体及多位评论家批评和关注，成为中国先锋诗歌的代表人物。

老典是个在艺术的多个层面都显示出了非凡才华的诗人，1983年至1993年，这是他早期写作的第一阶段，可称为蓝色时期。这时期留下了一百多首情诗，其中的《少女十四行》和《结婚》系列受到好评，那首早期情诗代表作《思念》还在2016年入选为浙江省高中语文考试题。1993年至2003年可称为歌词时期。后来老典加入“垃圾派”，一直到今天，他一直打着垃圾派诗人的旗帜坚持写作。最近几年却又写下长诗《时代三部曲》，获得好评，并获得2015年后天诗歌奖，有作品入选《新世纪诗典》《中国新诗一百首》《当代传世诗歌三百首》，连续四年入选《中国新诗排行榜》《中国当代诗选》。需要重点提到的一笔，老典的写作获得了美国艺术家金重的重点关注，不只是他的诗歌作品入选中国29人诗选《大篷车》，而是他的作品和三百幅画像即将以个人专辑的方式，通过金重的翻译，在欧美同步发行。老典在中国先锋诗歌上是卓有建树的诗人，他的先锋写作创造了多种修辞手法，以及奠定了垃圾诗派文本。

典裘沽酒诗歌精选

◎ 绝望的十四行

少女，你离开我
你叫我怎样活下去呀
这是我生命最后的石阶
难道就剩下
这绝望的十四行

十四行啊，我实死无疑。少女
这窄窄的十四行啊，没有栏杆
你叫我怎样走完

少女，你离开我
你叫我怎样活下去呀
北风呼呼，少女
你能扶着我走回去吗
你还是拆去，那最后的石阶
让我在此长久地守候

◎ 重阳节

重阳节，我想起了母亲
想起有次我和她吵架
我举起一张小椅子要砸她
邻居阿姨大叫你这个畜生
连自己的妈都要打呀
我还是把小椅子砸下去了
只是有意砸歪了一些。

董劲聪

行走中的董劲聪

1991年4月8日，董劲聪的诗歌首次发表在《佛山日报》的文学副刊上，是《归根》与《乡愁》两首小诗。自此，他走上了一条“不归路”……

佛山的董劲聪，安静而低调，他的座右铭是“沉默不语注定战胜千言万语”。不善言谈、不懂交际、与世无争，是认识董劲聪的人对他的一致评价。

张扬往往无知，低调恰恰有为。董劲聪的创作起点其实很高，《诗刊》《读者》《作品》《中国文化报》《春风文学月刊》很早就登载过他的作品，在广东各大报刊的文学副刊上，其诗歌更是高密度发表，仅2003年，《广州日报》就10次刊登了他的诗作。

著名诗人、佛山作协主席张况先生在诗文集《行走的幸福》序言中写道：“我从温润缥缃的行句中清晰地看到：劲聪正在生活的低处，顾自一人，踽踽而行。低调而幸福的歌唱，在属于他的那份平静与富足里，俯拾即是，触手可及……”

花城出版社前副总编辑杨光治先生在诗文集《往日的天空》序言中说：“董劲聪用当代中国人的语言来写，无涩舌聱牙之弊，时有令人惊喜的新鲜意象和联想，不管写什么样的题材，格调都相当高，与时下在部分青年作者中流行的‘下半身写作’那一套大异其趣，他是《岭南诗歌》报的重要新诗作者。但我始终未认识他，也没有直接联系过……”

已故著名作家安文江教授为董劲聪的诗作所写的评论文章中说道：“劲聪诗如其人，少有铜钹之声，更似月亮箫鸣，他的诗宜孤灯品茗中独个细读，品久了便能品出点令人心颤的诗味来。”

2002年，董劲聪加入了广东省作家协会；2004、2008、2009年，他多次参加广东省作家协会青年作家代表大会……2010年之后，他再次躲起来，踏踏实实地当他的“教师匠”，据说诗歌还在写，从未停歇，但已经很少拿去发表了，只在微信朋友圈里跟知音分享……

董劲聪诗歌精选

◎ 心中的女子

关于你的传说依旧在月下徘徊
梦中的女子，你想着什么？

秋日的稻浪轻轻翻动
孤寂的云朵从树梢掠过
一片落叶可吹得响
我失落许久的情歌

关于你的谣言一直在乡野走俏
风中的女子，你流落何处？

远方的鸟儿次第返还
春日的草坡已经泛绿
数句雁鸣
能否叩开你紧闭多年的门户？

◎ 旧公园

秋千陈旧而完整
从昨天荡到今天
又从今天荡向昨天
笑声一簇簇绽开

然后又一簇簇消散

凉亭沉默不语
再招不来透明的风
草丛稀稀落落
再藏不住彩色的蛇
鹅卵石小道依旧蜿蜒
怎么就走不进
记忆中响亮的蝉鸣

若没有记错
穿水晶凉鞋的女孩子
就住在公园对面
如今　该已步入中年

就是她悄悄告诉我
那片平整的青苔
是一个宁静的草原
叫我千万小心
别踩着美丽的羊群

◎ 村庄

一直被河道拴绑
在远古的幽绿中
只露出黝黑的脊梁
风　带走了夜雾
雨　带走了残阳
远去的小舟
带走了爱情的绝唱

温暖的归途
无非短暂的乡垄
疯长的炊烟
却是长久的眺望

大草

白也诗无敌，说说白诗歌辨识度

大草，原名余江武，现居深圳。出版诗集《白菜顶着雪》。前面无序，后面无跋，始于诗，止于诗。以《白菜顶着雪》一诗为圈中知名，白上加白成为风格。

白诗歌重新启动，大草是支持的。大草认为白是最好的特质，唐诗三百首，家喻户晓，耳熟能详，理由只有一个：白，明白的诗。当年，他们创刊，只是以广东诗人俱乐部为平台，简称广俱。重新启动，把广俱变换成谐音的广聚，有点招天下兵马的意思，“诗人广聚、天下大白”，有一统江湖的理想。作为白诗歌创始人之一，大草认为的“白”有以下辨识度：一是语言上让人看得“明白”。俗白、浅白、大白话，学术一点表述，就是“使用原始意义的文字”，看山是山，不掺杂更多的修辞手法。这一点上，可看成白话文运动的延续。二是内容上的“有”，即语言的及物性。诗歌言物，要上追诗经、两汉乐府、古诗十九首等，对当下口语诗流行“无”“废话”创作保持警惕。三是技法上的“留白”。承接中国传统文人画留白技法，语言讲究朴素、节制，语境讲究空，而不是满。一首诗能够余音绕梁三日不绝，当属大成。四是气质上的“白”，李白的白、白居易的白。“白也诗无敌、飘然思不群”的李白风骨，是这群诗写者的理想。

2001年底的一个周末，大草和房山诗人世中人通过电话，知道他有几屋子的藏书，常有诗友造访，过着诗酒田园的生活，内心就有了想写点什么的情绪，也就十几分钟，就写下了《白菜顶着雪》和《橙子》两首诗。在广俱贴出，得到好评，《白菜》遂成为他的代表作品。不少诗友都喜欢这首“白”得一目了然的诗，已故《诗刊》副主编李小雨老师《灯下读诗》一书选了这首，很多读者留言表示喜欢，简单的生活简单的感动。如朋友熊平所言，“犹如诗坛圈子之内一株出墙的鸢尾花，影响达到诗坛之外”。

大草诗歌精选

◎ 白菜顶着雪

我给北京房山的朋友
去了电话
问他冬天的情况
他说屋里生了火
很暖和
我就想起新年要到了
这个年末
我应该做点什么
我想带上她
去房山住几天
她会问
去做什么
我说牵着你的手
在雪地里走
然后拍拍你身上的雪
指着地里的白菜
说多好啊
暖暖的冬阳下
白菜顶着雪

◎ 枣树

吴老师院子的那棵枣树
是巷子里唯一的树
枣子熟了
偶尔会拣到一颗两颗
那时候我们仰望天空
妹妹会拉拉衣角问
长颈鹿长什么样的。在树下
我和吴老师下过象棋
我们披着毛毯
下了整整一晚
有什么东西掉在脖子上
冰凉，像是露水
手一摸是条毛虫
有一年，枣子就要熟了
几位老师到院子就枣子下酒
吴老师爬上树
树枝断了
吴老师住进县医院
那棵枣树，就给锯掉了

◎ 橙子

这只桌上的橙子
我一直没有碰它
它的吃法有两种
一种在肚脐处
开个口子
用力挤
把汁都挤出来
一种是切开它
一分为二，再分为二
连肉带汁吃下去
但垫在下面的白色餐巾纸
将留下污渍
我告诉她
一只橙子的吃法
她说后一种
是尊重了橙子
我把它握在手里
手心潮湿
我轻轻抛起
又稳稳接住

独上西楼

随心、随性、随笔而写

独上西楼，又名独上西楼月依楼，现居深圳。中国诗歌网认证诗人，四季歌文学网网络编辑、版主。

他的诗观是：诗是语言的寺庙，歌是心灵的道场。

独上西楼的诗作参展了2017年老刀老师和大生老师主持的广东新诗百年大展，在中国作家网、中国诗歌网、人民网、散文网、江山文学网等网站以及在《诗歌周刊》《燕京诗刊》《高中生杂志》等报纸杂志发表原创作品300多篇。中国教育考试第一门户网站——无忧考网和语文谜等教育网站将他的部分诗文作为高考作文素材以及诗词鉴赏范文。

独上西楼看到花写花，看到草写草，他的旧体诗《饮马梅山》被云南的各旅行社旅游网站作为宣传诗文；他的《重庆人民的火锅》被众多火锅店与网站作为宣传文案。他写禅诗的境，写小山村的情，写大城市的美，写温暖的亲情与缠绵的爱情，在一些文学网站的诗歌比赛中获过奖。

左秦评他的《把自己卷成一支香烟》说："我曾经写过很多'抽烟'诗，并且颇为得意。抽烟，不仅及物，还及身体。'抽烟'诗的一个走向即肢体诗。独上西楼这首，空间层次感强，虚实相生，超现实主义用得不露声色，细节可感，主客替换但又衔接处理得当，是一首佳品。"

他只想做一名文字的行者，看花香远绿叶，赏晨雾近轻烟，相信最美的风景一直在路上！随心，随性，随笔而写，千山万水，随意行去……

某天，无题的缘起，莫名的喜欢，摘诗歌这颗莲子。

独上西楼诗歌精选

◎把自己卷成一支香烟

关上车门
锁好
满载去往明天的行囊
卸下这身钢铁的铠甲
把自己的身体
卷成一支香烟

用家门口漏出的一点灯光
点燃
满身疲惫的烟丝
把自己夹在食指与中指之间
抽上几口
在开门之前
吐出
那些上了瘾的
生活的烟圈

◎老刀老师

老刀老师
老刀从不离手
打滑的泥土上

陌上花在刀光下盛开

文字是累赘
笔墨是一种多余
拿起老刀
手起风云变幻
刀落血肉丰满

收刀时
泾渭分明
春夏秋冬已划分好
东南西北
轮回的方向云霁雾散
远方
停在秋天
明月
停在秋天的指尖

冯雪颜

在诗意和阳光中砥砺前行

冯雪颜，广东佛山人，现任佛山市作家协会理事，高明区文联第十届委员会委员，高明区作家协会主席。作品见于《羊城晚报》《南方都市报》《佛山文艺》《岭南天地》《佛山诗坛报》《祖庙风雅颂》《文化参考报》《中国微诗体年鉴2013卷》《新诗经》《佛山艺术》等刊物，曾被评为“中国最具影响力诗人（2008—2016）”之一。出版《曾经年少》《当年初心》等诗歌散文集。

“生活不止苟且，还有诗和远方”。一直以来，冯雪颜在紧张忙碌的工作之余，坚持阅读、旅游、写作不耽误，使庸碌的生活在文学修养中不断升华，让生活在诗意和阳光中砥砺前行。《曾经年少》是她的第一部诗歌散文集，记录了作者从青涩到成熟的心路历程和点滴生活感悟，在平凡的烟火中感悟不一样的人生滋味。《当年初心》是第二部作品，褪去懵懂的少女情怀，步入不惑之年，生活除了工作，还有诗和远方。此部作品收录作者近两年游历的所见所闻、所思所想，用不一样的角度透悟人生。

冯雪颜诗歌精选

◎爱你，从心深处出发

祖庙，祖辈延续下来的殿堂
今日，我怀着朝圣的心
叩响你厚重的大门

穿越千年，只为探究你的前世今生

巍峨的门牌傲世而立
守护佛山这座千年历史名镇
门前威武的石狮哦
历经世事变迁依然不改初心

叶问的咏春拳经李小龙传承至今
黄飞鸿的洪拳华人世界无人不晓
中华武术在洋枪洋炮的年代
依然享誉盛名历久不衰

石湾公仔就像一个个卫士
保卫祖庙一砖一瓦
镬耳大屋尽显岭南建筑特色
收纳人生百态

屋檐上的灰塑，告诉我们历史背后的凝重
享九五之尊的北帝啊

将祖庙这张名片，从北宋扬名到当代

万福台上西楚王还在吗
惜虞姬已不复当年模样
宝玉和黛玉卿卿我我的故事还未了完
台下已历尽人间无数
今日，我们驻足
将历史重新梳理
祖庙，你的音容没有走远
灿烂了整整一个时代

◎ 拷问生命

我远远看见，你
推着轮椅出来
人海如潮水般将你淹没
城市的阳光炽热非常
街道悠长
红尘滚滚依旧万丈
不缺你遗世独孤的坚强

轮椅上的老父亲
如一截冰冷的胡杨
不朽不倒
如诉无字天书的空洞的嘴
吞吐古今

僵直的眼神是不需要答案的天问
坐着是一尊塑像
倒下是积木纷扬

生命如此匆匆
我们都来不及寻觅行踪
那些牵过的手，爱过的人
如浪花跳跃前行
不变的仍是这题图
生命的长度要用心去量度

方人其

把诗歌创作进行到底

方人其，原名孔德旗，祖籍甘肃。顺德作家协会会员。

方人其从小家境贫寒，靠希望工程读完小学，哥哥从部队退伍后在外务工供他上完初中，靠亲戚邻居资助艰难读完高中。初中时受哥哥影响爱上诗歌，看到哥哥的诗歌《冬梅》发表在部队驻地的诗歌选刊上时，非常激动，读着优美的文字，立即融入了美轮美奂的意境之中，萌生了想当诗人的念头。

2004年年底，他来到广东，扎根顺德，先后在港资，美资，民营上市公司任职。起初本想以专业写作为生，但因生活所迫，不得不放下诗歌梦想，一边从业，一边学习，一边写作。其间，常在公司内刊发表诗歌及散文，诗歌包括《沁园春·北京奥运》（2009年发于美资刊物《泰科之声》）、《晨景》《好时光》《母亲》（发于东菱集团内刊《东菱人》）。2017年6月受《东菱人》执行主编陈映彤邀请，加入顺德产业作家协会，同月底受顺德作家协会外联主任黄伟成先生推荐有幸参加佛山青年作家研修班学习，课中被李寂荡老师“让玫瑰不再代表爱情”的理念启迪，决定以诗歌为起点，重新开始，并在此期间与旅美作家刘荒田老师相识，得刘老师悉心指导，进步较大。7月中旬开始首次对外发表诗歌，作品散见于《西北大诗人》《齐鲁文学》纸刊。10月当选为容桂文学会理事，11月结识诗人、诗评人谢方生老师，谢老师对他的长篇叙事诗《谎言》及即兴命题诗《冬至》大加赞赏，同月被吸收为顺德作家协会会员。

方人其自从参加佛山青年作家培训班后，坚持每天清晨5:30起床学习，写作，将诗歌创作进行到底！

方人其诗歌精选

◎冬至

1

冬至大哥

两千多岁了，你还好吗

记得，是你记录了北半球几千年的春花秋月

远古时期华夏儿女的勤劳和智慧，在您的提炼下

凝结成一个最古老的节气——冬至

记得，是你打破常规，开启了

时间和气象来主宰农耕的时代

记得，是你把时光信息收集整理，孕育形成了天文探测的最初萌芽

您像一个智慧的老人，逐渐地

把已有的经验知识总结，把节气的家族发扬光大

2

冬至大哥，你应是人们心中的天之骄子

在您的带领下，至今，你的兄弟姐妹

已把十二个月均衡划分，细心耕耘

从立春到大寒，把青春年华付诸春夏秋冬

用自律观测着日月轮回，敬业职守

经营每一份时间的轮回

你身为大哥，也总是在最后出场
把荣誉、收获都让给小弟
你，总拉黑着脸，以一场北风一场寒流的威严
把膨胀的山体冷却，把无法无天的热浪遣返南方
风雨被吓成一枚枚漂泊着的雪花的模样
让散懒的白云遇到您也要穿上戎装
寒冷开始思考……

◎ 奶奶的故事

我们坐在院子里剥着玉米
您讲着故事，我听着故事
我把一个个故事编制成电影，存在脑海里放映
一个个故事把我的童年填充
一个个故事让我迷上人与神仙的爱情
一个个故事让我知晓恶有恶报善有善终
一个个故事让我洞悉世间的真善美

长大后，我常常想起奶奶的故事
于是，走到哪里，奶奶的故事就带到哪里
它就像晚上的明月，照亮前方的黑暗
照亮我前行的方向

郭锦生

让生活插上诗的翅膀

——郭锦生的诗意人生

郭锦生，笔名大生，广州南沙人。中国报告文学学会会员，广东省收藏家协会会员，广州青年作家协会执行秘书长、广州文艺创作研究会秘书长。曾获“全国优秀青年文艺工作者”称号，被清风笺文学网评为“十大才子”之一。出版有诗集《梦蝶》《两个番薯和焕珍》。曾获《星星》诗刊优秀作品奖。

“作为一个诗人，我应该写什么？这是我时常思考的问题。其实我什么都想写，而且力求用诗的形式和诗意的文字。我既写自己的情爱、生活、所见、所闻、所思，也写社会的灰暗、写社会的亮光。我觉得关心人文是我的责任，抒写生活是我在积聚力量。我有一个梦想：让自己的生活插上诗的翅膀，在人文性灵的天空里展翅飞翔。” 郭锦生就是这样为自己的生活定了一个调，定了一个与诗相关的调。他这样说，也这样做了。“我是一只阴阳鸟/ 我喜欢歌唱/而且，我喜欢/站在黑夜和白天分界线上歌唱……”这首《我的歌唱》被郭锦生作为诗集《两个番薯和焕珍》的序言，它既是该书的序言，也可以说是郭锦生诗歌人生的序言。

“从自己的身边写起，写自己熟悉的，这对我来说更好把握。因为我自己亲历和熟悉的，我更有发言权。”谈起诗歌写作，郭锦生的话对初学写诗者具有启发性。

“写灰暗，让社会生活中灰暗的一面暴露出来，使之不易为所欲为，促进社会的进步，使写作更具意义，这也是我想要的效果。”郭锦生始终心怀着对社会的一份责任。《两个番薯和焕珍》这首诗被中国诗歌网评为“中国好诗”，也可以说是对诗人忧伤和责任的肯定。

“暴露灰暗与鞭挞丑陋之余，我也写亮光。我们的社会更需要积极的、正能量的声音，虽然我们不必吹捧什么。”郭锦生的话里透着一种积极和坚毅。如《雨打芭蕉 云声朗朗》这首诗，是郭锦生为广州市白云区读书活动写的，这诗被配乐伴舞作为主题活动开幕式的主题朗诵诗，为读书活动助力。

“让生活插上诗的翅膀”是郭锦生对生活的不懈追求。郭锦生把生活作天空，把诗作翅膀，不停地努力拍打，不停地展翅飞翔。继诗集《梦蝶》之后，郭锦生又出版了《两个番薯和焕珍》，它们都是抒写生活的诗篇组合。

此外，郭锦生还经常走进校园、走进社区传递诗意，传播诗的火种。如2017年4月22日，“让生活插上诗的翅膀”为题的“郭锦生诗歌交流会”在广东工业大学举行；2018年4月，郭锦生在广州市番禺电视广播大学主办的社区教育活动上，以自己的亲身体会，深入浅出地先后举行了两场诗歌讲座，广受社区居民欢迎。通过这些公益性活动，郭锦生把自己的诗意默默地传递开去。

《岭南诗意——走近广东诗人》的编辑出版，也是他继“广东新诗百年大展”活动后为诗歌出力、默默传递诗意的延续。

郭锦生诗歌精选

◎ 春寻

风问我去哪
我不理他
这家伙专撩少女的衣裙

燕子叫
下雨了，为何不打伞
我说，我喜欢在
春妹妹的发丝里穿行
乡间的小路
应该就是春妹妹的襟缝
我要一直走
一直走，一直走到
妹妹开满小花的酥胸

◎ 中秋独照

照个镜子
何必拿起月亮
我的皱纹和白发
如巉岩败草倒影在宁静的天河
当孤独落进黑夜
要心不死，我必须

摘下一颗星
把流血的伤口堵平

◎ 我的歌唱

我是一只阴阳鸟
我喜欢歌唱
而且，我喜欢
站在黑夜和白天分界线上歌唱

我从黎明开始
歌唱阳光
我喜欢它暖暖的力量
我也从暮色开始
歌唱黑夜
我需要她温柔的床

别要求我只向太阳
虽然它给予一切力量
我不能抛弃月亮
就算她薄薄的黑暗
也不应是太阳的哀伤

黑白互补
阴阳平衡
统一着生命正负的场

翻滚着不尽的渴望
延绵着前进的力量

别阻挡
我不能没有白天的阳光
别阻挡
我不能没有夜的忧伤
别阻挡
我喜欢站在
黑与白的分界线上
放声歌唱

黄礼孩

诗歌能让人活出境界

——网易艺术对黄礼孩的专访

黄礼孩，作品入选《大学语文》《中国新诗百年大典》等上百种选本。出版诗歌、随笔、评论集《我对命运所知甚少》《起舞》《午夜的孩子》等多部。其作品被译成多种外文介绍到国外。创办《诗歌与人》诗刊，后设立“诗歌与人·国际诗歌奖”，已颁出13届，是中国在世界上影响力最大的民间诗歌奖。个人曾获2014年凤凰卫视“美动华人·年度艺术家奖”、首届海子诗歌奖、首届刘禹锡诗歌奖、第八届广东鲁迅文学奖等。创办广州新年诗会10年，并入围2018年国际图联营销大奖TOP10。现为广东诗歌创作委员会主任、《中西诗歌》杂志主编。

诗观：写作是采集光的过程，我用光照亮自己。

在世俗的生活中，我们总是相信看得见，摸得着的东西，丰盛的物质的生活似乎才是人生的第一要义。是的，今天，我们没有朗诵一首诗歌或欣赏一幅绘画也不会影响我们活着。但问题是，人来到世间是为了获得美的感知，而不仅仅是为了活着。有一个朋友跟我说过，他读一首诗歌之前与读过一首诗之后的心境是不同的。诗歌或艺术让人面对了自己的心灵和灵魂，人生因之活出境界来，他或她因之对人与世界做了深刻的展望。诗歌或艺术都是对真实困境里个人的凝视。苏格拉底说过，没有经过审视的人生不值得过。一个经历过诗歌和艺术洗礼的人，尽管从世俗意义来说，他/她不一定成功，甚至是一个失败者，但他/她对世界的感知会比在这方面缺少素养的人多出很多。

诗歌总是推陈出新，对年轻的写作者，我们总是葆有期待！但愿他们的诗歌能开创出一个新世界，提供更多的汉语空间，成为新的可能。每一个时代都有自己的诗歌，很难说年轻一代的就写得比之前的好，诗歌没有进化论。重要的是每一代人都有自己的诗学主张，有自己优异的文本，这样才能把自己的身影闪入人类诗歌新的旅途。

（以上根据专访整理）

黄礼孩诗歌精选

◎ 多少人把旅途当故乡

牲口摇着尾巴，远处是林间隐约的房舍
那些空虚的日子，并无悲喜
喀纳斯，你生来就野性
你许诺一个无人知晓的恋爱
像水波触摸鱼背，鸟翼混迹云中
叶子把水吹进树干的体内，带入一种阳光的生境
大地的居所多么空茫，我愿意怀着旧梦
在光阴里种植金露梅，不忘把旅途当故乡

◎ 在禾木村

正是黄昏时分
禾木村有人点灯
像小小的橘子一一剥开
让人看见里面生活的肖像
雪如精致的鸽子下着
带来别处的声群
覆盖了春天走动的钟表声

此时，野兽是否穿过灌木丛去寻觅食物
只有图瓦人看见它们忧伤的影子远逝
午后，楚尔流进陌生人的耳朵

体内口渴的鱼获得了新的口渴
看着雪切入了石头，狗吠跃出了乡村的档案
抽一支烟，闲聊几句高于日常的话语
在繁花盛放，人声鼎沸之前，我将独自离开

◎ 拐弯处

在山道拐弯的地方，一朵花开在沙土上
没有多少人注目它，它也不为多数人盛开
它没有野心，不多情，有一些荒凉
它把小小的坚韧藏好，挽着泥土的手
数着自然的日历，心底一亮，就翻过岁月的山坡
隐秘让一朵花保持着它的纯真
生活没有什么可以炫耀
我保留了拐弯处被遗忘的花朵

黄祖金

在大自然中寻找创作灵感的小蝴蝶

黄祖金，笔名小蝴蝶，广东阳春人。广州市作家协会、广州市青年作家协会、肇庆市作家协会会员，《作品》杂志社评刊员，广东理工学院风月诗社社长。文章散见《中华诗词》《诗词月刊》《长江诗歌》等刊物。

小蝴蝶上小学时，最喜欢读《李太白集》。五年级的时候开始写诗，那时候没有人指导，连诗的很多基本要求都不知道，想到什么就写什么。初一时，有了电脑，他在网络上学习到了很多关于诗歌的基础知识。随后，慢慢转向学习现代诗歌。从新文化运动开始，慢慢地了解一些关于中国现代诗歌的历史，模仿过新月派的创作，追求过音乐、建筑、绘画三美。但是后来发现，这些文风并不太适合他。

高中时候，小蝴蝶在网络文学网站发表自己的诗歌作品，在文学论坛和诗友及前辈交流。通过交流，小蝴蝶也了解和学习了一些异于他个人的诗歌看法，集百家之所长，补一家之所短，拓宽对诗歌的认知。除了网络发表诗歌作品外，小蝴蝶有时候也会试着在一些刊物投稿，偶尔会有作品发表，也获得过一些征文比赛的奖项。

他喜欢以生活和旅行作为创作题材。在寒暑假期，他经常参加一些社会实践，如义工旅行，工厂临时工等。因为他觉得可以通过这些实践来丰富自身的阅历，可以从不同的社会角度来提高感官感触。有空闲的时间，小蝴蝶就会走出去，因为出去可以亲近大自然，那是他创作的源泉。

虽然诗词有好坏，但是意境无高下，小蝴蝶认为都是作者笔下的生活结晶。若是闭门造车，不接触生活，不接触大自然，只靠天马行空写出来的诗歌是没有感染力的。

黄祖金诗歌精选

◎故乡的夏末(组诗)

（一）

山冈吹来凉风
溪边流水琮琤
却没有闲情与雅士
镰刀向水稻伸出爪牙
露水湿了农夫的衣袖
大黄狗忙着追赶鸡群
没有人理会空中的掠夺者

如果草帽可以遮住
额头边上的汗水
那么高高在上的太阳
也就一件装饰品

（二）

坐在楼顶的小角
喝着一罐啤酒
抱起民谣吉他
为田野的蛙声伴奏

当夕阳即将沉寂时
田埂上的赤脚农夫

点燃了一根香烟
一呼一吸地回味这半年

弥漫天空的炊烟渐渐消散
农夫满意地看着几筐稻谷
而青蛙似乎少了几分喜悦

（三）

霓虹灯看不上红砖房
龙舌兰也害怕农夫
遗忘它的浪漫
只有静谧的夜空
眷恋着没有汽笛声的小巷

田野耐不住寂寞
流萤像个调皮的孩子
趁月色不注意的时候
悄悄地躲进橘子林

Record my life

黄韵蓉

遇见《韵然花开》

黄韵蓉，笔名韵然，中国诗歌学会会员，广州市作家协会会员，广州市荔湾区作家协会理事，广东省朗诵协会会员。荣获南昌市谷雨诗会优秀诗人奖。作品散见于《当代商报》《中国精美诗歌选》《湛江日报》《清远日报》等报纸杂志。著有诗集《韵然花开》。

细读黄韵蓉的诗集，诗句字里言辞中闪烁着清纯的情韵，浅读轻吟，别有韵味。如《陌上尽是看花客》：“苍茫茫花一开，春就醒了/霸占了十里传奇/独一无二的铺开/揪心的，动情的，落泪的……”看似是一篇满贮春意的短诗，它先是以春的视角和情感，描绘了春天特有的景色。在她的诗里，春灿烂得“惊艳四座”。然而，“经不起秋纷纷扫凉/翠绿已苍凉”。诗回归到作者内心要表达的真实：“真赏寒香有谁人？”诗，在看似张扬表达春天中，却含蓄委婉表达了她内心真正欣赏的是“寒香”。

黄韵蓉的诗，亲情中又带着深情，如《母亲的诗》：“我想写一首诗/坐着高铁/再转公交/一路山川湖泊 谁/终是心牵着……”这首诗采用自然的口语化手法开头，虽然要“高铁”“公交”才能联系见面，即使“一路山川湖泊”阻隔，此时作者通过一个设下的小小悬念带出“谁/终是心牵着”，继又带出了母亲的“微笑”“白发”“胸怀”，叙述了一个漂泊在外的女儿对母亲的思念与依恋。黄韵蓉的诗清新流畅，有温度有情怀，语言自然质朴不造作，意象阳光清纯，诗意灵感向上涌动，对文字有独特的思索。

文/谢友义（中国作家协会会员、中国报告文学学会青年创作委员会副主任）

黄韵蓉诗歌精选

◎ 浪费南国时光

漫山遍野的初冬，
小酌阳光……

想起那天。虚度的时光
殷红便开满了安宁

我不断抒写着浪费，
落败着。终生地记忆

落叶在眼前，惊讶着
风一吹，就盛开了诗意！

在记忆里砍流水，
平静光阴。浪费着南国时光

◎ 陌上尽是看花客

苍茫茫花一开，春就醒了
霸占了十里传奇。

独一无二的铺开
揪心的，动情的，落泪的
杏的白，桃的红
铺满了细碎的阳光

惊艳四座，
经不起秋纷纷扫凉

翠绿已苍凉。
真赏寒香有谁人？

洪江

诗歌中的乡情杂语

洪江，广东雷州人。

洪江对故乡——雷州半岛这片土地充满深情。他一生的时光被绵绵的乡情贯穿，缠绕。无论从诗集《风流土》《天堂河》或长诗集《北部湾》《丝绸梦回》，都可以看到乡情的影迹，形态。“一张犁静静泊在苍茫大地一角/犁尖隐约闪烁着去年的光芒/地气从脚下往上攀爬/犁如此孤独地准备和开始。”同样，他回想或放眼望去的时候，目光相遇大片墨绿：“桉树广泛布局在村庄的周围/以繁枝绿叶触摸秃顶的头颅/季节总要更替 轮回/桉树站立在半岛的一角/始终保持墨绿的本色和信念。”这就是他的故乡，桉树包围着，簇拥着，它是美丽的、纯朴的、可爱的。它总是这样潜入他梦的深处，它总在梦中醒起和浮现，挥之不去！

文学源于生活，这是一个永恒的话题。它依靠着一种情感维系着，尤其是诗歌创作，一刻也离不开感情流露与贯穿，它会把情感的信息传达给他人，给执着的读者。

“我在荧光灯下复读一篇旧时的课文/春夏之交一步一步迫近我的身边/那一点点微光在夜色中抖动/把一切可以省略的尽可能省略了。”这是不太完美的部分，饱含淡淡的苦涩，但这是真实的情感，是刻骨铭心的。在《怀念一条河》中，他的情况是这样：“现在我断了思念也断了憎恨/内心感觉到有点干枯/在你的面前我竟然找不到自己/很久了，突然下了一场雨/细碎的飘洒声是一种温暖的疼痛。”有时候，这种感受甚至是残酷的，内心充满矛盾和抗争，这些也可能是一场痛苦的经历，或者是因暂时无法找到合适的表达方式而懊恼和揪心。

洪江诗歌精选

◎ 我爱芳流墩村

我爱芳流墩村，爱风吹起稻浪的韵脚
爱蜻蜓点水那泓腼腆
爱歌谣和新诗在村口对望时的表情
爱野毛鸡早上五点啼出一天兴奋的样子

我爱芳流墩村，爱一个被诗歌吟熟的村庄
爱荔枝树上蝉的内心独白
爱蝉的歇斯底里的呐喊
爱呐喊声中村子那股强劲的张力
爱那片向远方跌宕而去的翠绿
爱盛大铺开生命欲滴的背后的典故
爱烈日下泥土赫红而古典的皮肤和子宫
爱荔枝树暴起的根和陷落的深深的底蕴

我爱芳流墩村，爱她孕育的一群风流才子
爱才子的风流诗书和注脚
爱唐诗宋词在乌泥上发芽后的翠绿的色彩
爱波罗蜜里流出的甜甜的诗意
爱黄皮果青青涩涩的韵味
爱老母亲脸上深深的岁月和嘴上
浅浅的歌谣
我也爱土墙上父亲那副永远严厉的脸孔

我爱芳流墩村，爱她所有的空乏和所有的饱满
爱她的贫瘠，也爱她的丰腴
爱她静和动溢出的和谐之美
爱她出浴太极湖时洁白撩人的胴体
爱她故事里所有的细节和独特的表现手法
爱她诗意浓郁的前世和今生

◎ 螺岗岭

一座山，一团不散的魂魄
因它微微仰起，雷州半岛往下矮
因它的高
我的仰望持续攀升
一座乳起的山岭
历史光脚走过这片赤地
显得孤独无助

狂风雷电
像一位匆匆的过客
不问前世，不问今生
当苦难大面积退去
从山顶铺向山下的翠绿
抚平了半岛的忧伤

更多的时候
它像半岛上一枚镇纸

镇住南海的波涛和汹涌的传说
风和日丽的日子
远远望去
全是我们铜质的子民
每次从山下走过
我都不能安然自若
湿湿的仰望
湿湿的记忆
定格在半空
内心凸现一团椭圆形的思念

海韵

诗歌，让她的心灵内省、顿悟

海韵，本名林土娣，常用名林雨冰，广东吴川人，广州市作家协会会员，南沙区作家协会会员。诗歌、评论散见《诗刊》《延河诗歌特刊》《中国诗歌》等各地报纸杂志，有作品入选2013年《安徽文学年度最佳爱情诗选》、2014年《中国当代短诗鉴赏》《诗品短诗200家》、2016年《当代中国爱情散文诗金典》等多种年选和专集。

诗观：诗歌是陪伴自己人生中的无数个影子，每次遇见都应以诚相待。

海韵从高中时候开始喜欢诗歌，在诗歌写作的路上，得到湖南诗人杨林的帮助和鼓励，包括诗歌语言特征、诗歌通透性的具体运用、思维及意象经营等作了重要的指导和启发，让她懂得诗歌中包含了神学、哲学、人学的基调，知道诗歌的目的是在关心人类自身的命运。

2015年底，海韵在与黄钺老师的交流学习中，对叙事诗歌又有进一步的认识和了解，并在这一基础上，对诗歌有了更广阔的认知。2016年至今与黄老师共同主持陕西《三边文学》“好诗鉴赏”栏目。

这几年，海韵经常受广州、湛江两地诗歌活动的邀请，多次参加如：广东新诗百年大展（现场展览）、第八届花神诗歌节及广州南沙作家协会主办的诗歌活动等。2014年她还参与杨林主编的《新诗会》秋卷的广东省诗稿编辑工作。

海韵从这些诗歌活动及编辑过程中汲取养分，写下不少作品。诗歌，让她找到了心灵的力量，它寄生于每一个流动的影子里，与她相遇，与她对视，唤醒她隐秘的内心，让心灵内省、顿悟。诗如一盏置于精神黑暗领域的明灯，令她向往且靠近，并在一次次的自我审视中，不断否定自己，认识自己；诗如一股冷热交替的水流，冲击着她平静的内心，让她感恩，生出大爱——爱过去，爱现在，爱未来，爱万物。

海韵诗歌精选

◎ 老祖屋

清晨的阳光，落在受伤的老屋檐上
半边倒塌的泥墙
放下了四十多年不惑的时光
小鸟，虫，蛇，鼠，蚁……
它们是这里的常客
面对修好的混凝土马路
它们逃了
和老屋同龄的猫尾树和大片竹林
还有树荫下谈笑风生的几位长辈

时光是一粒带刺的种子
被埋葬的语言有些坚硬有些柔软
当熟悉的春天回到枝头
总有几只小鸟飞过，那又短又细的叫声
像一根银针，落在时光的空白处
天空渗出雨水
仿佛天地间隐蔽的事物
正在发芽

◎凤凰花

一种细碎的绿爬上枝头
它手里应该有幸福的密码
应该有蓝天的钥匙
应该有幸运之神的眷恋
身躯才如此青翠，挺拔

像无法避开的绿色旋律
也无法避开距离的导火线
蓝天张开翅膀
一高再高

你积攒了泥土里所有向上的力量
每一寸肌肤的血液都在向上攀升
沸腾
一簇簇火焰从身体里喷薄而出
红彤彤的一大片

仿佛整个春天都在参与
仿佛一场浩荡而又无法终止的爱
正欲飞离春天

韩聪光

诗歌是他的柴米油盐酱醋茶

韩聪光，笔名稻田。广东徐闻人，现居中山。中山市作家协会会员，中山湛江徐闻商会监事长，徐闻县乡土文化研究会副会长，珠海市摄像学会首届副秘书长，电影联合出品人。作品散见《中山日报》《文化中山》《湛江日报》《湛江晚报》《中国诗歌网》《徐闻文学》等。2017年开始联合出品网络大电影《超能整蛊王》、院线电影《远·山》、徐闻本土贺岁微电影《妈妈的年糕》等。

稻田对诗歌的态度首先是向往，并且持有一种美好。诗给他带来愉悦，是他需要通过语言去表达美好，表达对生活的敬仰与憧憬的一种方式。

在稻田的诗歌里，很少有忧郁与黑暗的一面，但这并不是代表他毫无灰暗的情绪。只是，他更喜欢用光明去追寻一种属于自己独一无二的方式，他总是试图去改变甚至说是战胜黑暗。有时心情是需要宣泄的，那么，诗歌无疑是最锋利的武器。它代表着内心的世界，每一个词，字，都像一颗颗子弹，穿透坚硬的枪管，瞬间射出威力无穷的力量。这是他自己的理解与想象，他期待诗歌给他的是一种力量，雄厚的依靠。他往往喜欢以感悟的方式来写作，每一首诗歌都来源于现实中的生活；他习惯观后感，仿佛人生就是一个经历、总结、再经历、再期望的过程。他喜欢将文学融于生活，追求更真实的生活化文学。

稻田喜欢音乐，他有时将某一首诗歌巧妙地与音乐的美和意境的美融为一体，给人以美的享受。他的诗歌多用“你”“我”的写作表达方式。你和我，都是社会人。他认为，通过角色的植入式设定，可以更加深刻地将诗歌的意义传递到读者的内心世界。诗歌是他的柴米油盐酱醋茶，是他的营养成分，与他无可分割。诗人稻田说：“我愿意让它一直滋润着我，伴我垂老。”

韩聪光诗歌精选

◎ 节日

坚守在一块园地里
等待稻穗结出果实
从白天到黑夜的轮回
没有所谓的假日之分

一群放假的民工恪守在店门口
蹭着小卖店里的网络
与他亲爱的人在视频
喝着廉价的小酒
叫着咿呀的方言——尽管听不懂
我猜测无非就是讲一些
与生活有关与工作无关的话题

偶尔有笑声从电波里闪出来
女人们还故作娇嗔
其实早已像村口那干枯的胡杨，抖落着
残黄的秋叶

时空之刃砍断的
一段柔情
又被电波顽固地驳接
这世间无了的牵挂
才催生出真实的幸福之花

◎ 在来时的路上打开思念

我从背后端详着母亲的背影
这是一条，被岁月压沉的弧线
一场意外，让她断了两节腰椎骨

旧患一直在敲打着她的身躯
此时，她正在寻找一个可以支撑的着力点
在我临行前，她张罗着老家的特产，
硬要亲手把一筐筐的爱，挤满我的车尾厢

汽车喷发出淡淡的忧愁，并渐渐驶离她老花的视线
对望的身影从线到点。到消失
我猜测她一定还站在原地。回味着
刚刚才获得的重逢

她还不相信，眼里曾经的小毛孩，晃眼
已长成大男人
她使劲地瞧看，
却怎么也抓不住，那两行顺着皱纹掉下的时光

岁月轻浮，无法打开贫瘠的解释
思念在来时的路上被悄然打开……

蒋志武

在诗歌的殿堂里诗意地舞蹈

——《宝安日报》徐东对蒋志武的访谈

蒋志武，湖南娄底人，中国作家协会会员，大量诗歌发表于《人民文学》《诗刊》等刊物，入选《2017年中国诗歌精选》等50多个诗歌选本，曾获2015年《鹿鸣》年度诗歌奖，第九届深圳青年文学奖，出版诗集《万物皆有秘密的背影》等三部。

个人诗观：诗歌是人类最后的身份验证。

徐东：请问你为何要以诗歌的方式来占领精神的高地？

蒋志武：拿起笔来进行诗歌创作，主要是对人生的经历有了一些感触与大反思，对时间，对世道，对接触的人，对情感，对故乡有了一些重新的认知。生活在物欲纵流的南方，以写诗的方式去占领精神高地，并一直坚持到现在，我想是我的精神需求战胜了物质的需求，或者说，物质需求是短暂的，而精神上的满足才是长久的。

徐东：请问你认为好诗歌是什么样的？

蒋志武：从我个人的写作经验和对诗歌的理解来看，一首好的诗歌，必须具备以下一些方面：1．有一个立意新颖，指向明确的诗歌标题。2．有美感。意境之美、文采之美、情感之美、哲思之美、韵律之美、人性之美、道义之美，甚至是愤怒之美、哀伤之美等等。就是说，好诗歌读完之后，总会给你一种美的感受，心灵的触动。3．语言体系的构建。诗歌的语言讲究凝练，准确，质地优美，好的诗歌语言犹如一杯清香的热茶，每读一句都会沁入心怀。4．内在的审美共性。诗性即人性，一首诗没有灵魂，没有特质，不能表达一些具体的东西，那么这首诗是空洞无物的。诗歌必须规避肤浅的抒情和直白的口语。5．艺术独创的形象。

——徐东，中国作家协会会员，一级作家，深圳市宝安区作家协会副主席。

蒋志武诗歌精选

◎阴影绕过了我的后背

慌乱之铁，墙后有虚无的氧气
但我呼吸不到它们
黑暗扩散到根须，唯有光
成为陌生世界的领悟者
在大地的瑕斑上面，我擦过蓝色的镜子
阴影绕过我，没有时间约束的钟表
安装了青铜的指针

阴影绕过了我的背面，重峦叠嶂的气息
被黄昏带走，苹果在练习倒立
我只有用背影测量现实
那些树的阴影，墙的阴影，车子的阴影
黎明将统统劝降它们

废墟，在我们停止之处呈现
阴影绕过了我的背面
许多松懈的鱼刺放过了我，软美的锯孔
是谁带走了蔓延在桌面上的钢刀和老鼠
窗台上的花瓶吐出了绿色的信子

◎谁反对高度，谁将被认出

灯光推测现实，我反对火
空洞的走廊，有人转身
有人在设置伪命题，一扇墙
如果被推倒，可以为很多人让路
找到最近的地方

角落，无人问津的斧头
迟早会有人捡起来施暴
在南方，锋芒毕露的雨水流入了江河
谁反对高度，谁将被认出

忧伤的老虎啊
正沿着动物园那乌有的时间行走
而斜靠我身体的那株向日葵
就要在阳光下抬起金色的头颅
明天，我必须取出身体里的几根肋骨
作为反义词

◎灯火

葵花在暗中腐烂，腐烂将形成一种僵局
傍晚，野兽们合上虎牙
这个春天，那些失明的人努力睁开眼
他们不想在寂寞的黑色中杀人

辽阔的世界，卑微和伟大尽管对立
但在某一些场合会相互照应，并说出感谢词
是的，被人心暧昧的东西
正在改变这个下午的节奏，管子发出声音
撞向玻璃和硫黄

灯火，铺天盖地，席卷
墙上的肖像仍留有幽深的眼神
色彩燃烧，树木转身
那扇熄灭了灯盏的窗户
不会救赎一个被野鬼追赶的人

金勇

他的诗歌写作有反刍之味

金勇，祖籍山东，广州诗人，20世纪80年代就和陈小奇等一批音乐人干事业，一起开始写诗。他之前主要是写古体诗，其诗大气通透，安定和韵，既存有古典之美，又具有强烈现代性。

他是广东流行音乐创始人之一，一直在寻找音乐歌词与诗歌的对接，他身边聚积着一群诗人，也在其中发掘出了写诗的词人。“历久归平静，源长境界宽。百川奔大海，四渎抱层峦。不弃涓流汇，犹当片石观。一襟秋水澈，几见夕阳残”。《大河》一出来，就引起了诸多诗友赞誉。后来中国诗歌的重要推动力量《大恺文化》整理出了他的66首诗，以“金勇作品——中国的弗罗斯特”为题推出，引起了诗坛不小的反响。

他的第一首现代诗《蟑螂》，写得发人深思；他的《音乐人》，写的是他的同道音乐人阿德的故事，写出了音乐创业人的不易，这首诗获得了新生代歌手肖炯的谱曲演唱；他的《养狗》写到狗的忠诚，叫人唏嘘不已。他的《甘蔗》一诗带有自喻性质，如同“春蚕到死丝方尽，蜡炬成灰泪始干”的情操，让人感受到诗人的品格。

金勇的诗歌特点在于对人生的悟道，有久嚼之味。他也认为诗歌就是人生的沉淀，没有阅历的人生，写作也是肤浅的，他的诗歌既是自我价值的体现，也要给人一种扶持的力量。他作为电影投资人，对电影的熟悉，以至会让他在诗歌中导入电影的一些元素，例如他的《音乐人》一诗就如同一部微电影。同时作为培养出80年代一批流行歌手的老炮儿，他的诗歌中自然会有一种韵味和节奏感。总之，他的诗歌大气开扬中又有涓流细腻，长袖鸿舞而有恻隐之心，绝非朝夕之功，这是长时间训练的结果，其作品其人品令人钦佩。特别需要补充一句的是，金勇的古体诗具有深厚功底。作为东方文化背景下的诗人们，何不回到中国诗词的深处汲取营养价值呢？

金勇诗歌精选

◎ 蟑螂

我一直很讨厌蟑螂
既脏又丑
只要一见到
就用脚踩，用开水烫
非将其置之死地而后快
可每天还是无时无处不见到它

但后来我听了一则科普知识后
开始对它肃然起敬
有位老师告诉我
当这个地球还没有人类时
就已经有了老鼠和蟑螂
当这个地球人类消亡后
还会有老鼠和蟑螂
当没有了老鼠时
还有蟑螂

◎ 音乐人

阿德是我相识多年的朋友
一辈子就钟情于音乐
我晚饭后无事
便去他开的酒吧看一看他
酒吧在街边的一个小二楼

客人并不太多
我到时阿德正在台上伴奏
一曲罢便跑过来陪我聊天
女歌手也是服务员
为我们端上了啤酒
音乐响起，灯影婆娑
另一张台的客人显然已经喝高

手绕上了女店长的肩膀
女店长是阿德新娶的媳妇儿
年轻热情且漂亮
我按捺不住想要冲过去制止
阿德叫我坐下别管闲事
摇头说道：唉，兄弟
生活不容易，哪怕头上沾点绿
再来干一杯！喝了我上去为你
演唱那首你最喜欢的歌
——《把悲伤留给自己》

◎甘蔗

长成了
叶子砍去饲养奶牛
躯干拉进机器榨成食糖
余渣再堆入发酵池
酿酒

终了
没留下丁点遗憾

江湖海

“新诗典”给出的，远远不止于一批卓越作品

江湖海，曾用笔名银波，现居广东惠州。中国作家协会会员，新诗典诗人，文学创作二级。出版诗集12部，散文集6部。作品入选《当代诗经》《新世纪诗典》《中国诗歌排行榜》等百余种选本，被译为英、德、法、韩等多种文字，获新世纪诗典李白诗歌奖铜奖、深圳第一朗读者最佳诗人、广东有为文学奖诗歌奖等多项奖励。

李振羽：你如何看待自己的诗歌写作?

江湖海：诗是我的灵魂，是我生命中最尊贵和骄傲的那一部分，是我觉得我比很多人活得更带劲的理由。和其他诗人一样，我写出的诗也有好有坏。毫无疑问，结缘新诗典的这两年，我越写越好，状态奇佳。学会了从凡俗中直接撷取诗意，已基本上能够自如地用口语写作。

李振羽：个人阅读史和当下的阅读视野，对一个诗人的创作具有突出的影响。可以谈谈你的阅读吗?

江湖海：上小学时，一个学期的课本，往往几天就弄得通透。到小学毕业的时候，我读完了《唐诗三百首》《拍案惊奇》《水浒全传》《红楼梦》《鲁迅全集》和奶奶用来夹鞋底样的手装毛边纸《诗经》。我舅舅和姨父都是教师，藏了一些书，我童年到少年时期的寒暑假，基本上都去他们家里看书。中国现当代作家中，除了鲁迅，我还喜欢读无名氏、白先勇、张承志、史铁生的作品。近年较迷伊沙的作品，他的《晨钟暮鼓》，我扎扎实实看了3遍。

不知基于什么心理，各路译家翻译过来的外国名家诗作，我读得不少。平心而论，有打动我的，不多。直到接触伊沙、老G翻译的布考、阿娃、泰戈尔、莎士比亚以及其他大诗人的作品，才大呼过瘾，才真正感到距离，才发出从心底升腾的臣服。

◎ 直立行走的鱼

爬到顶山湖
一尾鱼，湖中死去多时
不像其他死鱼
沉底，或裸白尸身
草草摊浮水面
它生前怎样行动
我没见过
现在，它身体直立
头离水面盈尺
站立处不同别的水域
是一汪清水
好像它还在行走
好像它生前
就不是横着游动
好像从生到死
它只做一尾直立行走的鱼
行走在清水里

◎ 碎屑颂

起风了，碎屑扬起
从村庄到街巷

从一个路口到另一个路口
碎屑高过磐石
高过苍松，高过眼前
低翔的鹰隼
又以莫名所以的轻快舞姿
从楼宇之上
掠过。风更大一些时
碎屑再掠过
桅杆和缄默无声的大河

◎ 像样的家具

南京大屠杀
纪念日的第二天
我得知
600万尘肺病农民工
快步走在
通往死亡的路上
刘焕林
给自己打了一口棺材
这口棺材
是刘焕林家里
唯一
像样的家具

林凯旋

在诗性与悟性间悠闲往来

林凯旋，祖籍广东陆丰，暨南大学经济系毕业。诗人，作家，中国作家协会会员。现任《新华文学》名誉主编，《关睢爱情诗》刊副主编，台湾《秋水诗刊》特约作家，中华文学基金会中外交流工作委员会理事，广州市青年作家协会副主席，广州市越秀区作家协会顾问。荣获“金锣杯”全国散文大赛三等奖；第57届台湾“文艺奖章”诗歌创作奖；第32届世界诗人大会（WCP）“桂冠诗人”荣誉奖；“中国新诗百年”全球华语诗人诗作评选“百位最具实力诗人”称号；《关睢爱情诗》刊社“2017年度杰出诗人奖”。

诗人林凯旋的诗，一贯秉承借物寓诗、以物喻世的创作表现风格，在她大量优秀的诗歌作品中，总是能将那些原本沉重的人世冷暖，世态炎凉，人间万象等轻轻地拈来，以丰厚的学养，极高的天赋和灵性，且独具审美意蕴、唯美主义和哲思的特质表述出来。

她的诗歌语言，是那种近乎柔弱似水又不乏韵律、生动俏皮、诙谐幽默，富有生命弹性与质感，由诗而歌，再由歌而叹的意境递进，此时则让“诗”赋予了极高的思想品位与悠远的艺术内涵。这种由比到兴，由物到人，由静态到动态的创作手法，语言的表述有着某些大胆的尝试和口语的作用，直抒胸臆的畅达的同时，也有含蓄和曲径通幽的、婉约的艺术表现力，但又没有影响到诗歌整体意蕴的再现，且不乏人生哲理洞察世事，这无疑就形成了独特的林凯旋诗歌风格的确立，她为自己情感的依托或者说她为自己诗歌的灵魂寻找到了一个可以傍依的彼岸。

一个不断前进中的诗人，谁也不能摆脱彷徨、困惑的一面。在艺术境界的不断追求和表现方面，我有充分的理由相信，诗人林凯旋在各个不同时期经过不断地由肯定自我又到不断否定自我的提升中，保持旺盛的创作激情……

——绿岛（中国萧军研究会副秘书长，华夏新诗研究会常务副会长兼秘书长，《中国艺术家》杂志主编，《新国风》诗刊副主编）

林凯旋诗歌精选

◎ 他拼爹，我拼江湖

一片叶子降生枝头
是婴儿告别母体
产道九曲回旋
每一处都有劫难
那是冥冥布下的关卡
能闯过关的，应该跪谢菩萨

到底
落土是归宿？
母体是归宿？
我是谁？
答案，只有票根
在千里之外的千里
早已编好了远走的说辞

反复确定，反复否决
梦想和现实一并甩出
是考验，更是赌注
先和白龙马玩几把骰子
主动让出两局
他拼爹，我拼江湖

◎ 无根的云

总说南方来场大雪
难道要找个冬藏的托词
不想继续远行?

无根的云

飘到哪里，那里就是故乡
看我一掌击中这掺了沙的鸟语
耳鸣的，却是自己
磕磕巴巴吐出一口官话
仍带着浓浓的乡音

嘴角苍苔铺到额头
走成川字纹
且把“川”字拆开，写成“草头”
最多也只是个芥子
哪来什么虎落平阳?
好些哽在喉腔的恶气
是石头，咽下去就好
不是怕事
是答应了家中老娘
那隔断天的嘱咐

◎ 不猜，不惑

大雪封门
有朵小花落在丸子头
满月晕开，绯红
40寸的腰肢，开始融化
冬蝉不会说谎
透过薄翼
猜猜谁是送花人？
不猜，不惑
踮起脚尖，仅仅是地凉？
猫眼，想留门给哪个？
一株枯藤竟敢爬出墙头
不避瓜李长舌
想象一下《凤求凰》
琴弦，有一根是肋骨做的
水花被弹起，清冽，炽热
你问，好听吗？
我说，耳背
不争气的眼睛就发酸了

林馥娜

诗的本质是修心

林馥娜，广东揭阳人，现籍广州。文学创作二级作家，广东省作家协会诗歌创作委员会委员，广东文学院签约作家，广东外语外贸大学创意写作导师，广州市中学生文联顾问。被评论界称为“70后”女诗人中的佼佼者。作品发表于《人民文学》《诗刊》《中国作家》《星星》《THE PAPER NAUTILUS》等国内外刊物、选本，高考模拟试卷及中央电视台科教频道，并被译成英、俄、韩等文字。曾获首届国际潮人文学奖理论奖、广东省有为文学奖诗歌奖等多种诗歌、文学理论奖项。

林馥娜说过“诗的本质是修心”，她认为诗意潜存于事物中，在存在里发掘诗意，在诗意中体会更理想的存在，并把这种理想存在落实于行为和内心，如此往复递进。她认为诗人应超脱于潮流之外，坚持自己的美学理想和价值追求，同时能够敏锐地感觉到当下的价值缺失并进行文本探索。在写作手法上，她主张依题材的不同而选用不同的表现方式，使用能达到多重效果的语言，题材明晰，主题有开放性的多维能指，并将感触与审美理性糅合，成为贯穿于文本内部的气息，最终综合而成具有景深的文本。

一个诗歌授奖辞说到林馥娜的诗写“不抛弃传统诗歌的艺术手法，同时又注重意象、通感等现代艺术元素的运用；不再突出‘诗眼’，却在不经意间闪射着哲理的光辉；它摆脱了‘艺术的打击力量总是在最后’的桎梏，总是让人沉浸在全诗的感染和感悟中。既不重复别人，也不重复自己，无论写人的命运和自己的心灵世界，还是表达对社会、人生或生命、爱情的感受，都有自己的独特视角。”评论家谢有顺认为“她的诗，是把一个真实的世界给人，把人心的温暖给人。她的写作，是用一种人性钻探另一种人性，用一个灵魂把另一个灵魂卷走。进入她那简明而沉着的语词世界，你会发现，生活即便灰暗，充满渣滓，我们依然有理由对现实和未来深怀信心——这就是诗歌中人性的力量”。

林馥娜诗歌精选

◎ 高铁

以最低的姿势，进入
大地的腹部。并成为再次出生的婴儿

就像女人的人生
从桃红的荡漾到蔚蓝的静谧

安娜·卡列尼娜的火车，我并没有忆及
犹如夜郎之不知有汉

因为我的俯就，它获得了形而上的命名
——高处的铁
历史长卷上从此钤上金戈铁马的印记

如果轨道过于漫长黑暗
我便从身体里擎出一只油纸灯笼

◎ 纸荼蘼

不去采撷陌上的花枝
我热衷于培育纸上的荼蘼
枝、叶、花，执、痴、释

这纸做的花朵如何能献

它无用的轻、承载的重

但我依然由制造一根带刺的杆
开始。一个词一片瓣
绾住半绺岁月的经络

直到，一枝最后的荼蘼
收藏一缕相应的灵魂

林晓鹏

作品先感动自己 再去感动别人

林晓鹏，笔名酷暑，广东揭阳人，现居广州。集思教育创始人。广州市作家协会会员，广州市青年作家协会诗歌兼散文创作委员会委员，广州市荔湾区作家协会理事。著有散文集《回声》。

林晓鹏从小喜欢诗歌，连名字也是他自己取的。《春晓》是他第一首会背的古诗，“晓”字也代表每天的开始；至于“鹏”字，他喜欢李白的一句古诗“大鹏一日同风起，扶摇直上九万里”，而且大鹏鸟也是岳飞的化身。

2009年初，林晓鹏开始接触网络文学，在广东校园文学网上发表了100多篇诗歌和散文。2013年，他开始整理一些过去的作品，发现作品虽然不少，但都是重复创作，水平并没有太大的进步。那时候，他开始静下心来反思，究竟自己喜欢文学的什么？又该怎样去表现文学？如果一篇文章言而无物，无法触动读者的内心，那么这篇文章就是失败的，即使写得再优美，也只能成为漂亮辞藻的堆积。他内心出现一个声音：文学应该是情随心动的，应该是反映生活的，词语只是表达思想的工具，写作的人就是要用这个工具去撬开读者想象的空间。

林晓鹏坚定着写作是内心自由的流露，写作不在于刻意追求作品的数量，而在于追求作品的质量。2016年散文《晚霞下的小镇》《时光里的约定》和《冬雨渐歇》入选《广东青年作家精品文选（2015—2016）》，诗歌《青春·泡沫》发表于《诗词》。2017年以后，林晓鹏对诗歌和散文的喜爱并没有减少，同时也开始尝试小说的创作，其中《看坟》《一把苦芥菜》入选《中国小小说选集（2005年—2017年）》并被翻译为英文。

晓鹏经常跟朋友说：“写东西应先感动自己，再去感动别人。”诗歌的创作更是如此，诗歌创作应该是内心自由的，应该是让人有所感触的，更应该是能触摸读者心灵的。

林晓鹏诗歌精选

◎ 春分

把黑夜，再缩短一点点
将白天，再拉长一分分
日夜在这一天平分
黑白在这一刻平衡
雨水点燃了清晨
春风把消息告诉每一个人
万物都在沸腾
沸腾这新的里程
而日子并没有停顿
自此以后，每天的光明
都终将增加一寸

◎ 过境

过境的火车
应在漆黑的天桥下
决绝地远去，用汽笛
丈量夜的深浅

黑夜加深了背影的黑
也就看不见天桥的眼泪
孤独留在身后，静默遗在昨天

此去经年，不再挂念

◎晨风·桂花香

墙上的钟摆没有停歇过
惦念，在相仿的日子里不紧不慢
晨风狡黠，试探默默的窗帘
一个踉跄，筛进些许光亮
拨动一丝秋去冬来的惆怅

雨水浸润的十一月
打湿了院子一落桂花香
隐约，像顽皮的小孩
兴许藏匿在门外
却叫人忍不住痒痒地猜

蓝紫

站在诗歌的河流中

蓝紫，湖南邵阳人，现居广东东莞。出版《别处》《低入尘埃》等4部诗集及诗论集《疼痛诗学》《绝壁上的攀援》。中国作家协会会员，鲁迅文学院第31届中青年作家高研班学员，广东文学院签约作家，参加诗刊社第29届青春诗会。

“问余何意栖碧山，笑而不答心自闲。桃花流水杳然去，别有天地非人间”。自然界中潜藏着对人的训诫和启蒙，让生命与自然、宇宙融为一体，反映人们返璞归真的渴望。但是，随着生存环境的改变，那些古典的山水意象正被现世的刀斧无情地篡改，自然山水意象，变成了一座座现代化工业城市。当她身处举世瞩目的世界加工厂——东莞，十几年来，看着一座座高楼大厦在一片片青山绿水上拔地而起，看着千千万万背井离乡来到这里的人，每天穿行在这座城市的大街小巷中。她一直用一种陌生的眼光打量着这座城市，现代人逐渐被命运禁锢和围困，没有了田园牧歌，深陷在钢筋、水泥和玻璃构筑的一个个奇形堡垒中，每个人都感受着被连根拔起的伤痛，像鳞羽一样漂浮不定。

当满目青山绿水被冰冷的钢筋水泥所替代，蓝紫说，她已没有了虚构意念中山水诗歌的能力，她甚至认为，时代的断裂，已经失去了真正意义的古典诗意与山水田园。现代诗歌的写作，不仅是写出几首好诗的问题，也不仅是对诗艺有所贡献的问题，还要承担起对人生和灵魂更深切的关怀，要熔铸一种精神的、诗学的品格。这是她所追求的诗写目标。

她渐渐发现，古代诗歌在创作中提倡“诗以意为主”，就是强调诗要有充实、深刻的思想内容，艺术形式固然重要，但它是为表现内容服务的。一首诗如果思想空虚，感情贫乏，内容平淡，甚至立意不明，即使辞藻华美，音韵铿锵，也不是好诗，或者不是诗。

蓝紫诗歌精选

◎ 毁灭与重生

万物是宽容的
默默地顺从命运。生老病死
它们从不抱怨

与它们相比，我是羞愧的
我的憧憬、渴望、躁动、不安
与这世界多么不符
花草鸟鱼是一个梦境
脚下的世界，是一个望尘莫及的岛屿

它们亲近着我
它们让我将姓名和过去留在了昨天
怀着平和与沉静
看莲花，逐渐铺满江面

◎ 仿佛

仿佛这就是全部。一条河流，有它
全部的辽阔和喧嚣；一棵树
也有它自己的前世和今生
甚至一朵小花，一株小草，一粒尘埃
它们卑微而顽强的身体，常常

让我羞赧和悲戚。鸟声消隐的地方
柔和的风，蜿蜒着吹向旷野
我站在这里，内心安宁
仿佛在漫长的一生中
得到了暂时的宽恕

李明刚

南端诗人李明刚

李明刚，广东徐闻人，广东省作家协会会员，广东省民间艺术家协会会员，现任徐闻县委党校（行政学校）常务副校长，徐闻开放大学（教师进修学校）校长。

酷爱文学的李明刚，从学生时代起便开始文学创作，他以家乡徐闻的一草一木为原型，进行了小说、散文创作，先后在各种报刊发表文学作品几十万字，出版了个人文学作品集《桨声悠悠》《春回月明》《早安微语》。

从事诗歌创作，对于李明刚来说，纯属偶然。2010年夏天，时任徐闻县作家协会主席的李明刚，邀请徐闻藉人士、著名诗人黄礼孩回乡，协调四卷本文学作品集《汉港雄风》的出版事宜，并请黄礼孩为作品集作序。由于黄礼孩的鼓励，从那年夏末秋初开始，李明刚便开始诗歌创作。一首首诗被印成文字后，给予李明刚莫大的鼓励，使他写诗的信心更足了。2011年，《中西诗歌》第2期推出了李明刚诗歌作品小辑，使他的诗渐渐进入人们的视野。那个阶段，他的诗歌代表作主要有《龙泉之秋》《乡情》《月光下宁静的村庄》等。他的诗在当地广为流传，有的诗被朗诵爱好者在微信平台分享，两天点击量就超过一万次。李明刚诗歌创作旺盛期在2017年。这一年，寻找诗歌突破的李明刚，在乡党、电影制片人李开浓的牵头下，与诗人老刀，大生，吴述朝，《大恺诗歌》主编、诗评家赵俊杰等交流诗歌创作体会，使他的诗歌创作在保持原有民歌写作的优势外，更注重回归本身及诗歌现场的写作。与诗歌界的零距离接触，使李明刚尽快走出诗歌创作迷茫期，自觉地把自己置身于红土地蓝海洋的区域性写作。

李明刚除了自己写诗外，还积极开展各类诗歌交流活动，成功组织了《大恺诗歌》走进徐闻暨赵俊杰诗歌分享会，发起创办了“南端诗群”，为大陆最南端的诗歌写作不断努力。

李明刚诗歌精选

◎ 偷青

披着厚厚的云朵
月亮迷蒙了夜色
偷青路上
女孩不动声色

这畦青菜
长得多好啊
月光偶尔溜出来
亲吻着田园

脆生生的青菜
被颤抖的手拔起
呼呼的心跳声
女孩颤抖在凉风中

一个黑影
闯进细碎的流水
被青涩的怀抱拥抱
女孩逃避着微凉的嘴唇

这真是那个
夜夜入梦的男孩么？

挣脱的瞬间
女孩有些惋惜
此时，夜色温柔了田野

◎ 寂寞的乡村

秋风凉了
蝉不再聒噪
燕子没了踪影

一只流浪狗
左蹿右蹿
稻香浓郁了田野

一头大水牛
望了它一眼
又啃起脚下的嫩草

一对割稻老夫妻
有些孤单
田野是多么辽阔

李立

以生花妙笔与悲悯情怀书写人间大爱

李立，笔名夏炎炎，1985年发表处女作，1995年离开文坛，2016年年底回归诗坛，其间游走了大半个地球。中国诗歌学会会员，中国金融作家协会会员。先后在《诗选刊》《绿风》《诗潮》《星星》《作品》《羊城晚报》《南方日报》和《秋水》诗刊（台湾）等发表诗歌、散文和报告文学70多万字，出版诗集《青春树》，报告文学集《飞翔的金凤凰》等多部，获《中国诗人》微刊（2016—2017）年度诗人奖等。

读李立的诗，就像品读惠特曼的《我歌唱带电的肉体》一样，让人身心激昂澎湃。他的诗，最大的特点就是与时代精神的密切关联。诗人以其发现美的眼睛去感受和观察生活中的细节——人与人，事与事之间总有那么一些灰色地带——不干净、不明朗、不淳朴的“人际关系”及“不和谐”的声音。这些刚好是容易被人诟病的“黑点”。李立却愿意花费大量的时间和精力将之“拨乱反正”，并以他的生花妙笔与悲悯情怀去讴歌人间大爱。

李立是位写实主义的高手，且将这种写作发挥到了极致。他的诗在我看来是意象浓而不结，繁而不乱，可谓环环相扣、丝丝在理。用“一阴一阳”来归纳李立的诗，我觉得是十分贴切的，至少我是这样理解的——其与众不同的孤傲，又颇具凛然之慨正义之气。我喜欢他这种山顶观望的姿态，喜欢他这种“与民为善”的悲悯情怀。每一位心怀悲悯情怀的诗人，都是一位“愤世嫉俗”的真君子、真文人。李立“如刀如剑”的文字，可以说是直插丑陋与罪恶者的心脏，让他们“胆战心惊”，不敢再任性妄为，不敢再为所欲为。这就是文学和诗歌的震慑力。

他的诗在艺术手法上，充分地体现了其作品的艺术特色，在意象的营构上独具匠心。诗人的多数作品均采用了这种与生活、命运感受颇为密切的意象营造出出人意料的组合，表达了其对世界、生活、生命的新鲜体验。他的诗打破了政治诗的“直白，怒吼与说教”，以丰富的想象和生活中随处可见的意象来打动读者，从而使作品既本真又充满诗意。

李立诗歌精选

◎ 那一点渔火

海中那一点渔火，突明突暗
像我小时候追捕着仓皇逃命的萤火虫

我偶然见过那一点渔火
在红树林深处阴暗的角落
一对穿着电子厂工装的年轻夫妇
以低于市场半价的超低音
兜售着刚刚捕获的惶恐
月亮读出了他们一脸的疲惫
和一叶弱不禁风的扁舟

深圳湾是一张镀金的名片
是禁渔区
执法队隆隆的汽笛常在附近侦巡
有时候我真想学习当年的革命群众
给辛酸的生活通风报信
不忍心里的那一点萤火虫
再次消失

◎萝卜

本来是土生土长
是泥土的孩子
从小就吃着泥土的给养

你的手越伸越长

接过阳光的每一丝温暖
而把风和雨全推给泥土

沉默寡言的泥土啊
支持着你自由发挥的空间
哪怕自己的生活一再被挤压

你占有的地盘不断扩大
你把自己的欲望不断提拔
渐渐长出了优越感

后来，你便高高在上
像一些机构养尊处优的办事窗口
总是让泥土仰望

李桥航

沉默应对生活和诗坛

李桥航，广东南海小塘人，佛山作家协会会员，作品曾在《南海文艺》《天津诗人》《中西诗歌》《黄金时代》《作品》《岭南文学》《天狼星诗刊》《羊城晚报》《佛山日报》等刊物上发表，曾获第四届“佛山文学奖”诗歌奖。

近几年来，诗歌的“江湖”变成了诗歌的“糨糊”。大家为些许“米饭”，便来“争强好胜”。有人，动不动就自立“旗杆”，放出“恐龙”来吓人。自然，吓着了许多围观者，他便从“士多仔”摇身一变，变成“大编辑”，后面还要加上一个“著名”。还有的，本身就不是龙种，他偏喜欢凑热闹，整天忙着参加这研讨，那“杀龙”。其实，这些人，心里只是一条“虫”罢了。有著名评论家又出来说，是时候重新为我们的新诗正名了。钱穆说得好：“一个画家是因为他是画家，他才画出那样的画来。不是他画了那样的画，我们才称他为画家。”这话同样也可以用在我们的新诗作者身上。毕竟，艺术是人创造的。人，不行了，艺术也要死亡。

新诗百年，其实，我们要总结的不是新诗“进步”了多少，而是我们的诗人“守住”了多少。

李桥航愿当他们中的一员，正如，他所写的一首小诗里说的：“复制父辈的种种悲剧/何惧消隐于背景之中/这是生命的复活/让昨晚的暴雨/有个安居之所，尘土回归大地/让石头作为偶像的质料/不至于在风化的时候/遗弃了雷霆。”

李桥航诗歌精选

◎ 禅意

如果梦是盛水的托钵
佛就是慈眉善目的父亲
他正靠在沙发上打瞌睡

午后的莲花
已开了一遍又一遍

其中一瓣
投在女儿的身上

女儿正凝神静思
就像撒在腿边的玩具
你不动它，它的世界还未开启

◎ 火车开动

需要巨大的克制：铁环咬住铁环
灵魂的脚步
牵动着时间的铁链

“闷罐子”
整个时代瞌睡的水声

在你的内部

没有人出来
也没有人进去

前行
似乎在呵气
在搓手

对于这条被伊甸园驱逐的蛇
谎言就成为本身

廖杏文

诗歌源于生活

廖杏文，偏好于科幻题材以及悬疑推理类型的小说，写作风格多变，善于学习和借鉴。曾在《湛江文学》《藏书报》《文汇报》《河北工人报》《九洲江》《廉江新闻》等发表作品，有诗歌入选不同版本的诗集，获得省市各级奖项10个，其中非虚构文学作品《智取陈大头》获得“纪念建党95周年、红军长征胜利80周年”征文二等奖。著有长篇小说《痕迹》。

其小说代表作《痕迹》以极具匠心的情节安排与悬念设置，制造了一个巧妙流畅的惊险故事，其中将揭露杀人真相的过程，安排得惊险曲折、跌宕起伏！最终谁才是真正的杀人凶手？成为小说高悬在读者心头的最大悬念。《收获》杂志编审、著名作家廖增湖博士在《痕迹》序中写道：“长篇小说《痕迹》逻辑推理严密，推理结果令读者信服，是一部很难得的好作品。时至今日，当众多读者在感叹纯文学的昔日风采已随市场经济大潮的迭起而渐渐失色之际，一个特殊的文学样式却以自身独特的魅力占领着市场吸引着无数超级粉丝，这便是令人蚀骨销魂的侦探小说。究竟是什么绝招使侦探小说在文学人口大量流失的今天还备受青睐而一枝独秀呢？答案就在《痕迹》里。”

廖杏文在读高中一年级时加入学校文学社，在文学社老师的指导下他开始进行诗歌创作，好多作品在师生朋友中流传。他的诗观是：诗歌源于生活而又深刻于生活，崇尚自然，顺其自然，随心写诗，没有刻意雕琢，朴实感人，揭示人性之美。

廖杏文诗歌精选

◎ 感觉

终于放晴的天
洒下来的阳光也是暖暖的
一股暖流涌入心间
些微的慵懒气息

喜欢这种感觉
坐在大大落地窗前
拿着书
让阳光泻在书上、身上
啜一口清茶
闻一缕清香
花开了像做梦一样

喜欢这种感觉
雨天
散步雨中
任雨落在身上
驻足湖中小亭
看湖面青烟缕缕
朦胧悠远

喜欢这种感觉

穿行林中
听鸟鸣流水
看云朵流逝
登于山顶
展臂闭眼感受风的拥抱

喜欢这种感觉

自由自在的感觉
成长于自然
融入于自然
和山间精灵作伴
和云间晚霞对唱
和水中鱼儿高歌
就只是这样的感觉
我喜欢的这种感觉

廖增伟

情感深挚的诗人

廖增伟，中国收藏家协会会员，广东省作家协会会员，廉江市作家协会副主席，《贵州文学》《散文选刊》等文学期刊签约作家。曾在《作品》《星星》《散文选刊》《贵州文学》《花城》《人民日报》《北京日报》《广州日报》《羊城晚报》等报纸杂志上发表文章1000多篇。有作品被收入多种选集、读本，并有作品被用作中考语文阅读理解试题。曾获全国、省、市大奖，其中长篇小说《灵魂收藏者》获得2015年度湛江市文艺精品创作专项扶持资金一等奖；《人人争读大刀记》获2015年廉江市第五届文艺精品大奖赛短篇类一等奖；《钱币收藏二三事》获2017年廉江市第六届文艺精品大奖赛短篇类一等奖。

2012年的一天，他被邀请参加一个诗歌讨论会，拨动了他的求知欲，并开始研究诗歌，阅读了大量相关书籍，触发了他创作的意念。

他的诗歌文笔优美，真诚朴素，情感深邃，沉郁中透露着刚毅，在孤苦中表现蓬勃向上的激情，撼人心魄、启人神智。在《脚印》一诗中，他写道：“他要坚持/努力前行/与喜欢爬山的妻子前行/这是他要圆一个愿望/一个台阶/又一个台阶/一个又一个脚印/前行 前行”。再如他的代表作《由一场台风引发的对话》：“他相信走下去，路会直的/这些梦的蝴蝶/在他的眼前飞舞/雨不停/愿望的台风也在继续吹/等待春暖花开。”

《收获》杂志编审叶开文博士对《由一场台风引发的对话》的评语是：这首诗情感深挚，从打工仔住的城中村出租屋，写到了人生的艰辛。现实是残酷的，理想是触之易痛的精神世界。台风如同命中注定的力量，在摧毁一切，也在让某些希望成形。

阅读廖增伟的诗歌，不必特意探寻、发掘其中的深意，也不必强求自己一点一滴都要理解透，而是要多次反复阅读，感受诗歌整体传递出来的诗情、诗境、诗意。

廖增伟诗歌精选

◎ 沧桑

记忆中
你比电影明星还漂亮
美丽的脸庞

纤纤玉手
璞玉般迷人的雪肤玉肌
银铃般的笑语
轮回，多少个春夏秋冬
那天，我看到
你已满头白发
一手牵着一位头发花白的
老年男人
一手推着一辆小推车
躺着一位年轻人
你的残疾儿子
虽然，岁月像杀猪刀
刻下一片苍凉
但你的眼神凄美而有神
迎着那初升的太阳
带着渴望，向前
向前……

廖小文

诗歌让生活不再像它原来的样子

廖小文，廉江中学高二学生。他非常喜欢看书，学校的图书馆是他常去的地方。喜欢阅读神话类题材的小说，尤其喜欢《西游记》《封神演义》《聊斋》《镜花缘》《济公传》《八仙传》。从小学4年级起，擅长写作文，尤其是神话幻想类题材，习作也经常被语文老师当范文在班上念，成为所在班级的“网红”。

随着年龄增长，他又阅读了大量名著，10岁开始发表习作，先后在《妙笔作文》《湛江日报》《少年作家》《校园写吧》等报纸杂志上发表作品50多篇。13岁时，在老师的鼓励下，他写下了20多万字的神话类长篇小说《激战龙湖潭》，首发于廉江市文联主办的《九洲江》杂志上，引起极大反响。网站的连载，让他收获了很多。后来，他也获得了一些全国性征文的大奖，这些都增加了他的信心。

他创建了新浪博客，开始时，他只是把在学校写的作文上传到博客上，便不再管它，但后来，他发现博客不只是把作文写给别人看，也是让更多人来点评和相互交流。

从此写文章不再是他一份任务，也是一份乐趣，博文里许多网友都来鼓励他，让他写文章的热情更是一发不可收拾，开始在博客里写小说、童话、诗歌、散文，让大家来分享他的快乐和故事。到目前为止，他已在报纸杂志上发表诗歌作品20多篇。他的诗歌更多地关注人生哲学，把生命、活力、渴望、友情、温情，都传递出来。

他的诗观是：诗歌让生活不再像生活原来的样子。

廖小文诗歌精选

◎ 我们总说

我们总说现实很残酷
但在残酷背后总有一张善良微笑的脸
残酷与否
在于你看这世界的角度

我们总说未来很远
但在遥远背后总有一段不断坚持的岁月
遥远与否
在于你对未来的期许

我们总说白头艰难
但在艰难背后总有携手走过风雨先看夕阳的老人
艰难与否
在于你对爱的坚持

我们总说太多机会在流逝
后悔没有抓住
但谁知道这个机会抓住了是不是同样会后悔
既已决定，就无悔
人生没有重来
即使失望
日子还是要过

我们总说很多很多
多到忘了自己说过什么
不断反复中
人生也到了尽头

看闲花落月
看潮起潮落
看人世经过
一颗平淡心
看世间风景
在最好世间看最美花开
这才要对自己说

凌斌

诗是灵魂的触动

凌斌，网名文武在朝，广东吴川人。湛江市作协会员。作品在《诗刊》《绿风》《中国诗人》《佛山文艺》《湛江文学》《宝安日报》等发表。有作品被收录《打工诗选》《蓝色的旋律——湛江当代诗歌点评》和《水墨鱼儿山》《汉诗三百首鉴赏》。曾获重庆市慈孝题材新诗全国征文三等奖；《湛江日报》"乡情，诗情，鉴江情"诗歌大赛三等奖；"梦想之都，诗意之城"东莞市诗歌大赛优秀奖；国际华文诗歌大赛三等奖；广东省第六届"珠江情"征文赛诗歌优秀奖。

他从中学开始迷恋诗歌，一个少年的文学梦，从当年读到戴望舒的《雨巷》"我希望遇上/丁香一样/结着愁怨的姑娘"开始，后来疯狂追捧席慕蓉和汪国真，就这样不自觉喜欢上诗歌。第一首诗是发表在《湛江日报》上，给了他很大的鼓励。八十年代他就在打工杂志上发了不少作品，因此也有佳作入编诗集，成了《打工》杂志报道的诗人。

正当他豪情万丈去钻研诗歌，诗也渐入佳境时，事业和婚姻遭到毁灭性的打击，使他的人生陷入了无底的黑洞。2002年至2013年间，他封笔了。整整离开诗坛十年，无论做什么，生活总像缺少一些东西，心灵空荡荡的。后来他学习上网时，偷偷进入诗歌论坛看诗读诗，学习别人的经验，渐渐地，他的血管又给诗神燃热了。

于是，他重新拿起了笔和鼠标来创作。在东莞长安的十年时间，他基本每天写一首，写完就抄在笔记本里，偶尔回头读读改改，已经写满了七八个本子，在QQ空间也有千首诗。诗多不压身，却穷苦半生，诗意当茶饮，图些什么?

近年来他在文学杂志上发了不少作品，题材丰富，也获了一些小奖，这或许是对他几十年来对诗的热爱和执着的回报。正如他的诗观所说：诗是对灵魂的触动和对灵魂的呼唤。

凌斌诗歌精选

◎ 白露已成霜

秋风依旧使用传统工具
刀或镰，手法老到不懂创新
割走了我的思念

剩下挺拔的山
和见地插针的楼房
让一座座城市侧身打坐
看不见归雁的舞姿

被挤出村边，放飞青春的松树
抖下了夏天的火苗
伸起消瘦的手臂，欲牵住远去的云彩
路便宽了几尺，好让月光能穿回家乡

我临着秋水岸边想你
不知白露已成霜
那瘦了的柳条依旧
守在邂逅的东堤
钓起残荷的夕阳

◎ 子夜的小村

子夜的月亮
被天狗咬落一块
另一块跌落村头的河里
像一叶小船
盛载金秋的梦境

端坐在岁月里的小村
建起栋栋新楼
依旧点燃着传统的节日
种植龙的传人

谁家的灯火
还在和邻居搓麻将
碰出一声声狗叫
招引窗里传出时断时续的呼噜声
煎熟乡间的农事

我坐在电脑前
打开小村的网页
点击一页页播满乡情的季节
从一亩一亩的水稻里
收割饱满的诗句

卢笙

置诗于高处，也得让大众够得到脚底

卢笙，原名卢元充，广东清远英德人，学校副校级管理人员，现为英德市作家协会会员，“广东诗人”会员，《南粤作家》微刊编委，“中国诗歌网”全国地方月推荐四诗人之一，“中国新写实主义”诗群成员。曾获第五届“伟人颂·中国梦”诗书画大赛新诗一等奖，“国际诗酒文化大会”现代诗优秀奖。

诗主张：置诗于高处，但至少要让大众够得着脚底！读诗的主张是：读诗不读人，读人不读心，读心世人心。

诗人认为，诗的湖心，当然也需要灵感的石子，才能泛起至美扩散的涟漪！语言是诗的外衣，是包装。可朴实无华，也可革履华装，或“浅白”或“朦胧”，也阳春白雪，亦下里巴人！只有各得其所，才能言其为诗。

时下是粗浅阅读泛滥的微时代，给受众以艰涩拗曲的文字是危险的！如果给“高端”的诗人和评论家看倒还说得过去，但诗歌的父母始终是普罗大众，没有他们，诗人与诗歌的生存状况实在堪忧！因此他主张置诗于高处，但至少要让大众够得着脚底。

卢笙写新诗也写旧体诗，他认为新诗百年的温床其实就是经年历代的旧体诗，离开旧体诗的营养泉源，是写不出时代需要的诗歌的，也不可能写出经典精品。他在一首七绝《向诗吟感》中这样吟道：“削足适履向诗丛，无病呻吟是乃翁。摘句寻章翻故纸，余生足慰不言功。”有思故有诗，坚持诗的内核的情与思，以情与思作为诗的支撑，加上语言而构成三位一体的交融，这也是“语不惊人死不休”的表现与追求。

诗，是诗人卢笙自此的挚爱与追求！

卢笙诗歌精选

◎此时 我重又捧读《水浒传》

一百单八条好汉
绰号飘挂于水泊的芦苇
如一面面旌旗猎猎飘扬
映衬后面替天行道的幌子
肃杀兼带张狂
绕过杀人越货的口实
诛杀恶人和大虫
头颅如弃敝屣　虎皮售于井市
城头挂的往往是大王旗
当然也有英雄的头颅

在那理学兴盛的宋朝
饱读诗书出仕升官的说教
在一群武人的打杀声中
黯然失声　然后退回故纸堆中密谋
然后敕封官职　凭依文官节制武官的底气
总算安抚　亦差强人意
回肠荡气地翻过一页传书
群体形象在招安的旗帜下失高

随着及时雨泡入药酒
李铁牛忠魂追随蓼儿洼

戏从壮怀激荡转入悲凄
谢幕　没有美丽的鞠躬
只有坟边的那棵树下
又多了两个解下腰带的人

◎ 没有穿衣服的稻草人

应该都希望它像一个人
两只手都给它摇上蒲扇
也给它一顶草帽
最好那边已脱圈也飘摇
也有人给它安上一条尾巴
期望能吓住从背后来的鸟

衣服应该属于大可不必穿的
它祖上有几个穿过衣服呢
稻草也应该是够暖和了
可做草鞋穿着远行呢
可垫在草席下保暖啊
如果当年的破棉袄掉了棉絮
塞满也是可以暂御风寒的

理解吧，理解在这寒风中
没有穿衣服的稻草人
理解光脚站在稻草人头上瑟瑟发抖的鸟
这也是对历史与自然理解的一部分

梁彬

诗歌是维持内心平衡的砝码

梁彬，广东揭阳人。毕业于韩山师范学院中文系，现为广东省作家协会会员，中国诗歌学会会员，《揭阳日报》诗歌评论专栏作家。诗歌、评论作品收录于《泛粤东短诗经典》《粤东诗歌光年2015》《粤东诗歌光年2016》，发表于《扬子江诗刊》《中西诗歌》《世界日报》等报刊。

梁彬是在迈进大学校门后开始走进诗歌世界的，这个时期相继创作了《别》《致死去的白鸽》等弥漫着乡愁和浓重忧郁迷惘气息的作品，在校园广为传颂。可爱情与生活过早地降下太多困惑与迷茫，以至于后来他认为是诗把他年轻的心神消耗殆尽。毕业后，他不再提笔写诗，而是投入到同样热爱的传统文学、历史、哲学、书法上。

传统文学是修身的好选择。2016年，他把这些年创作的传统诗词结集，出版了个人诗词集《浦云吟草》作为一个创作阶段的小结。

十年间，因为写现代诗的朋友都在，偶尔读读朋友们的诗成为他和现代诗唯一牵连的藕丝。直到遇到了诗人阵风、雪克，情况才开始发生变化。

阵风为他讲述了揭阳现代诗领域风起云涌的趣闻逸事，他才得知，在自己身处的这个安静务实的小城市竟然还有一群执着地追求诗歌理想的人。于是，他重新投入现代诗的创作中，并陆续认识了雪克、蔡小敏、林程娜等良师益友。这些诗友和阿兽（程增寿）、黄春龙一起在努力实现一个宏伟的蓝图，要让“诗民间”的火种在粤东乃至更广阔的天地间燃起来，他参与到“诗民间”的诗歌活动中去，现代诗创作的空间随之打开，那段时间他几乎以每天几首的量创作现代诗，这个时候的诗歌对他来说不再是一样消耗情感的行为，更像是内心的一种需求。

如果说人内心需要一个天平，梁彬认为，诗歌就是那个维持平衡的砝码。

梁彬诗歌精选

◎ 夜

有时候你会想把一条江
吸进肚子里以满足
肺的渴望，要把夜拉得跟音乐一样长
所以你会担心任何直线被折断或
液体回到底部
你会关闭所有的窗户任凭
石头下沉，会喜欢一切由黑暗蔓延而成的轻
那时候木头失去了年轮
麻痹具有侵略性

◎ 一杯饱和的水

一杯水
被盐分和油拖累
由响亮变得黏稠
风依然拂过的表面泛不起涟漪
它是一个即将死去的海
浮满音乐和酒杯
到了夜晚
年轻人们的聚会响起摇滚
女人的笑像猫一样自我
它缓慢地掉入寂静

习惯给予孩子们的
一些安稳
一些轻
已荡然无存
她们并不知道
一杯水失去了它的速度
在烈日下多么危险
它的挥发使原来洁白的成分
在杯底，留下一层
皲裂的言语

梁建彬

诗歌需要共鸣

梁建彬，笔名一片云。佛山市作家协会、佛山市三水区作家协会会员。热爱诗词，在工作之余，努力地进行诗词创作，平凡也要深情表达，寻觅真诚、宁静和干净的诗句。坚信人生是追寻内心快乐的旅途。作品散见《诗词》《佛山诗坛》《佛山日报》《禅城文艺》《儒林报》《九曲溪》《三水文艺》等。

他认为，一个诗人的内心一定要丰盈而富有激情，将从外界接收的一切，经过心灵的反应，以独特的方式散发出来。正如他一首诗所写的：黑夜的归宿是宁静。文字，就蕴含在花开花落的自然大道，时光，不需要太多的雕刻。落叶的残缺，埋藏在大地的温厚之中。情感，可以穿透世间的万物。诗歌，只写给内心，那里，唯独那里，可以容纳大地的苍茫。

他也认为能够产生共鸣的文字，才是好的文字。诗歌需要有内在的韵律美、形式美和丰富的思想内涵，才能够让读者产生共鸣。正如在他的诗歌《独自站在天桥上》，途经天桥，驻足观望桥下川流不息，感慨光阴易逝、人事往来匆匆，让人感到在无常善变的当下，应该要懂得珍惜当下、珍惜眼前人。在他的诗歌《化石》中，化石只是冷冰冰地陈列在展馆，通过诗歌的文字，赋以情感。诗歌就像描绘一幅画，如他的《夕阳下的渔船》就是描绘夕照之下的渔民生活场景，渔民在岸上晒网、叫卖辛勤劳动的收获、小孩子们水中游练习本领的喜悦，而这一片祥和快乐，来自于他们从祖先那里传承的大道自然的道理。

梁建彬诗歌精选

◎ 独自站在天桥上

桥下流淌着喧嚣
桥上凝聚着沉思
字典里滑不出宁静
所有都是心底潜流

擦肩而过的是过客
驻足回望的是前尘印记
桥下往来穿梭交织的光影
是尘世的无常善变
桥上变幻的色彩
是沉思者撕不碎的多愁善感

清风拂脸
是对沉思者的怜悯与慈悲
偶尔散发出来的零星思绪
在夜幕里划过一道光亮
那是不可触及的梦

◎ 化石

你用静止忘记轮回
来到今生今世
你眼眸里的暗光
是否记载那时的
花开花落

孤独的沉淀
流转的千层梦
在一道道岁月伤痕里
苏醒
你曾经流淌的热血
点燃岁月长河的冰冷

你凝固的身躯
是浩瀚历史的遗言
揭开沉默的外衣
还原一段往日时光

◎ 夕阳下的渔船

夕阳，岸上人的风景
渔家的柴米油盐
船头承载的风雨
岸上人的感叹字句

水中畅游的渔家子女
血液与欢笑声
恰如上一辈，共融北江
渔获沸腾叫卖的声响
往来的欢欣
点缀夕阳，投在北江的倒影

渔家，枕在北江的胸膛
北江的涟漪，赠予渔家幸福的脉搏
渔网，渔船，在时光中
闪耀着，渔家的生命光芒

北江风，细诉，人与自然共融的
奥秘，大道自然

梁念钊

『捍卫「天道」仍须有一种「喋血精神」』

梁念钊，广东省老区建设促进会理事，广东省社科院（广东省文化传播学会）南方现代诗歌研究中心副主任、理事长，中国散文诗研究会、广东省作家协会会员，广东省华侨作家联谊会理事。参与文学创作30年，在多家杂志、报纸发表作品达200多万字。公开出版《冰镇摩登时代》《绝地残红》《梁念钊自选集——城市嚎叫》《霾影沉重》四本诗集。

念钊在《霾影沉重·后记》中说：“一个工业时代亦即物质时代的崛起或投影罩临，我们祖承又秉接天地的血脉及呼吸通道，却隐隐感到一种莫名的不适与‘梗滞’？！”他用“罩临”一词描述工业时代的降临（与“雾霾”同构），“天网恢恢”，语意间有无处遁逃之痛切在焉。这感受无比准确。然而，所可贵者是如下执念：“添点‘诗绿元素’或可真能把该‘疾’稀释拭去，更能够福祉大家……”看似寻常却奇崛：“诗绿元素”者何？亦诗耳；所去之“疾”者谁？全球化之下的工业时代之弊也。这分明是堂吉诃德在挑战大风车！在梁念钊的身上、诗中，就是有这么一股骑士精神！他把诗歌视作人类“福祉”，要致力于“文学植绿工程”——其中当然首先是诗歌，他是南方现代诗歌中心最热心的发起人之一，其为卓识，我以为乃英雄所见略同。

念钊是红二代但少年顽劣；他出生成长于高校校园，却以中学毕业从军；他讲普通话无碍，而骨子里却是粤语思维！这三者赋予了其诗宁野不文、桀骜不驯的艺术特色和现代派底蕴——反抗理性！

（文/朱子庆）

梁念钊诗歌精选

◎ 英雄广场祭

——广州烈士陵园旁，坦阔的“英雄广场”，张太雷、聂荣臻、杨殷、周文雍、陈铁军等，伫塑巨像永恒昭辉……

一

秋风猎猎，悲壮的疾草
被深重染黄
赤红不烂的火魂
再次灼痛繁花

为一种主义，艰辛求索
挺进
漆黑，逆风。血腥，夜潜
爆发广州起义……
南方，“凉茶铺”的街招
已飘摇了很多个世纪——
更是一种深度疾患
奈何“挠痒”难解
结束一场旷久酷暑焗成的
暴病吧
唯有另选
火灼“辣子”拌制成的
一剂“红色毒药”，以毒攻毒

于是，天下再次大汗淋漓
加速痛苦的排毒

却琅琅读书声，遂遭
“白色”阴森
而窒息笼罩着的
校院
又被“错酿”出，那么多的
血性“愤青”
他们激红，纷纷淬火
镶贴铸进铁锤镰刀

独裁者们，铁面而心虚
肘侧，曾都是些
二十出头的雏鸟
但他们有激血，以及蓝天大海
与清澈畅阔的未来
于是，镣铐、排枪
镇不住的大簇鲜花草露
与飞翔的梦想
一个崭新共和国
已展的翅膀雄健
冀插多少伤愈复好
岁月带血的羽毛
…………

二

英雄广场，花岗群塑
史煌甸沉，凸显质感
铸重的一片自由之声
重新被阳光慰暖酥柔
一爽童稚的滑轮车疾
弧划空间，飞驶腾跃

鸽哨的广场，多么蓝阔
随心所欲的风
与自由飘飞馨畅的世纪

星梦霞晨，和平安祥
金色凤凰扑展起的歌舞升平
——但要切记
祖辈刮骨血痂伤痕过的一段
沉痛记忆
后辈执祭，清明雨的哀浓泪稠
暂将忽略一次
慵懒享乐，有点轻佻的
那袅“星巴克”情调

再入风萧冷雨
祖训与使命艰承予肩
还要选择
思想哲深的
另一种橇声力拔

沸点激情之前，血迹凝重之下
挽着史岁，以及红色先祖
与思想者们，更多的那片
缄默深沉，冷峻昂凛
雄伫无猥
举步踏实必自信，执着、刚毅
皆与时代结伴同行

这样，为一个崭新旭染的
中国梦，再添芳菲
以及漫天如涌如潮的
壮丽霞飞
这样，曾秋风戚烈的英雄广场
群塑有了另种
史越岁暖的动容与温慰
季复诗雅柔情花芳
安详之心可忱
终挂一靥微笑……

莲子

莲子诗歌的良知与灿烂

莲子，原名杨莲英。公务员，居广州。迄今作品在《广州文艺》《中国诗词》《中国优秀诗歌选》《中国优秀散文选》《黄浦江诗潮》《中国当代诗文典藏》等刊物发表。系中国诗词研究会会员、广州海珠区作协会员、点都得诗社会员、客家诗社成员。

读莲子的诗沉重而忧伤，因为会不由自主地被她诱导着去拷问心灵，忧天下之忧的通病不再渴望痊愈，而是无药可医。

莲子的诗如同三月的蝴蝶，轻盈展翅飞翔于山巅看花开落败，于此高度考量生命的虚无，区别在于生与死的结局，在泥沙俱下的变异中，敢于拷问灵魂者，不能不让人胆怯与战栗。

读莲子的诗既兴奋又担忧，兴奋的是莲子有这般恻隐之心，深信社会上还有更多的人士也有这份恻隐之心。担忧的是社会文明沦落至此，存在着许多不公平。

莲子是敏锐的，她的诗写出了社会的痛点，写出了社会的不道德，写出了社会的沦陷。社会既然有痛点就会有病因，社会既然沦陷就会有人来拯救。

莲子的诗意在红尘的滩涂上，守望着乡情与乡音的炊烟，若用心去感悟，会触及更多维度。莲子碎片式的诗绪，组合了念天地之悠悠独怆然而涕下的苍凉，感悟着历史的、现实的、想到的、看到的、沉沦的、迷惘的等等原罪，在花前月下迁怒着何人。明白与不明白那又如何，这便是莲子的无奈与酸楚，就像雾霾笼罩在上空，不问流水不问花开，不问你愿不愿意。

相遇莲子，阅读莲子，不知是幸还是不幸？（文/牧野）

莲子诗歌精选

◎ 生命的虚无

我用岁月的尺码
测量着生与死的距离
长短不一
那个来自于灵魂深处，和
山川的色变
我看到了一个个已经死亡的灵魂
亦看到了生命的虚无
生与死的区别，在于
灵魂的温度
有些人死了，还活在人们的心中
有些人活着，只剩下冰冷的躯壳抑或行尸走肉

◎ 一声叹息

有着许多俊男俏女的那片沃土
他们每一次波动
都能掀起一场鸟语花香
有如一部卖座电影
财富犹如奔腾不息的海水翻滚而至
天价片酬令人瞠目
码字的作家、画家和科技工作者
纵然有丰硕成果

那杯水车薪与他们相比
瘦小得如同一只蚂蚁

◎ 清澈的眼

阴暗潮湿的出租屋
孩子拥挤地坐在
昏暗的路灯下，写作业
桌椅是坚硬的砖头所搭
看着孩子清澈的双眼
内心满是酸楚
幼小的心灵
慢慢会知道贫富贵贱和不易的人生
想到孩子未知的未来
恻隐之心
如同作业本歪斜的汉字

刘又青

生活中的发现、撷取和印记
——读刘又青的几首诗观当下现代汉语诗写作的优质传统

刘又青，笔名青草正绿，祖籍重庆，现籍广东揭西 ，居广州。20世纪80年代初习诗和散文，作品选登《星星》《四川人文》《泉州文学》《重庆晚报》《山东诗人》《华语诗刊》等。粤港澳诗歌论坛副主席兼秘书长、中华精短文学学会会员、广州荔湾区作家协会会员、海珠区作家协会会员、《南来北往》杂志副主编。

刘又青的父亲是一位博学多才热爱写作的老人，这对刘又青早期的启蒙是极其可贵的财富。也许正是因为此，又青的诗歌作品中怀念父亲的篇章占了很大比重。比如她的《父亲的最后一把椅子》让我吃惊于她对细微事物的捕捉，我相信这种捕捉既来自她对父亲的情感，也来自于她不动声色娓娓道来的表达能力。短短的八行，就把父亲的形象生动鲜活地立于纸上，把一位善良的极具责任感和道义的老人推到了我们面前。这“看上一眼”，道尽了多少悲欢离合?

又青的《站台》是一首颇具象征意味的短诗，也许诗人真的到过某一个站台，也许诗人就在哪个曾经的站台经历过深刻的故事，总之“站台”出现了，在黄昏，在小雏菊的摇曳里，诗人犹豫，或者忐忑，捂不住瞬间的影像。站台肯定是人生必经的一处地方，而在此刻的站台，在繁杂的人群中缓慢移动的人，诗人不再去刻意辨别旅客们的心情，谁不是过客呢？那条长长的列车从眼前一晃一晃闪过消失在远方，像一个逗点，模糊为一个句号。从这个站台到达另一个站台，无非是生命中的一段路途，你出发的站台，何尝不是很多人的目的地呢？（文/长笛手）

刘又青诗歌精选

◎蝴蝶结

湖，石阶，驳骨丹，米仔兰，依次闪过幽幽的小青苔
一座山峦的容颜，被风揉进长空，被雨嵌入大地
伸向何处的路？踟蹰于尘世间的孩子，握紧最后一滴雨水
起舞的影子……恍若蝴蝶，在身边转了几圈
又扑打着翅膀消失于松丛：这不是隐喻，不是
一排排坟茔，整齐矗立于山间。松柏之下
我的亲人，我的爱……我辗转难寐的思念和苦难
秀水青山，可藏傲骨。何须一丛丛鲜花？
静默，让心回到心；寂静中，让爱回到爱
轻微的叹息，和树林边的几声鸟鸣
还有……您的呢喃轻语，已然穿过我的肺腑
那一刻，谁的化身流连忘返，留半山烟云赠我
亦赠我一世悲怆，和绵绵不尽的忧伤？
与阳光共舞，在金戈铁马中破茧成蝶
父亲，预约来生，让我停驻于您的肩头，续接我们的今世。

◎父亲的最后一把椅子

生前的最后两年
他一直坐在那把黑色的轮椅上
看书看报，看新闻联播，天气预报
坚持回复福利院的咨询

坚持回复他资助的孩子们的问候
如今，那把黑色的空椅子
摆放在我家客厅显眼的位置
每天我都会看上一眼

◎ 站台

昔日的站台，不复记忆中的样子
一如既往，收容任性的脚步，和深秋的晚风

在黄昏，在小雏菊的摇曳里
你犹豫，或者忐忑，捂不住瞬间的影像

会被一声长鸣的汽笛声
牵出倥偬的流年

流年依旧，在繁杂的人群中缓慢移动的人
不去刻意辨别心情

架在康定斯基的油画里，他和自己为伴
像刚刚结束的冬眠

打量恍如梦中的尘世
来回数米的踌躇中，江湖远去

那条长长的列车从眼前一晃一晃闪过
消失在远方，像一个逗点，模糊为一个句号

刘绍文

纯净清雅的乡愁诗人

刘绍文，江西上饶县人，现居广州。作家、诗人，出版人。中国诗歌学会会员，广东省作家协会会员，广州市荔湾区作家协会副主席。荣获中国新诗百年城市文学优秀诗人奖。先后担任《裂片的锋芒》等200余部文学作品的责任编辑。作品入选多种选本。著有诗集《最忆是故乡》。

他的诗观是：敬畏生命，敬畏自然，敬畏诗心。

初一时，刘绍文即在县广播站发表新闻作品；高一创办了“星星草”文学社，任社长，定期开展文学交流活动，编印出版文学社刊《星星草》。诗歌、散文作品发表在上饶地委机关报《赣东北报》上，并作为学生代表参加县委宣传部、县文联组织的“谷雨诗会”，加入了上饶地区作家协会。后来，刘绍文走上社会，当过工人，做过代课教师，打过零工，也曾在机关负责文字和新闻报道工作，办过公司。早年忙于生计，文学的梦想却一直存留在心底，坚持进行业余文学创作。

著名作家王俊康先生评价刘绍文的诗：“充满浓郁的生活气息，语言纯净清雅，意境悠远，内涵丰富，尽显诗人的真心，真性，真情。”

著名诗人温远辉先生评价：绍文的诗歌创作，走的是真性情、真善美一途。他的大部分作品，写的是乡情、亲情或友情，娓娓道来，细腻柔蜜。

著名诗人渭波评价：绍文是一位饱经岁月磨砺而永葆儒雅风骨的作家、诗人。他的诗，不赶“时尚”，清纯而富质感。

著名诗人老刀评价：真，是绍文诗歌的灵魂，字里行间，那种对故土的真诚，对山水的敬仰，对历史文化的传承，对生产劳动的执着，无不闪耀着朴素的人文光芒。

著名诗人谢方生评价：刘绍文用心来写诗，把读者当成亲人知己，说真心话私密话。他的诗歌带有深刻的思想性，某些篇章所蕴含的思想，具有历史的高度和哲学的深度，闪耀着人性的光辉。

刘绍文诗歌精选

◎ 总也转不出山的掌心

像野茅簇拥祖先的风水
父亲将清瘦的骨头交给锄头
交给裸露的扁担田
交给老死相依的五谷杂粮
向阳的风，扯开围观的闲云，蝴蝶
逼仄的田埂上长着无名的花
奶着乳房一样坚挺的岩石

岩石长到了天上，便成了好看的云朵
驼背的父亲撅起臀部，背着香火热闹的观音庙
锄头麻利地起落，甩出去的热汗滴
擦亮一日三餐，苍鹰照样飞渡的灵山
这个季节，寄居老屋土墙的燕巢，空了
布谷鸟像我，流浪了远方

远方的秋蝉低矮了村口的宗祠
墙壁的老皇历，翻皱了一道道梁一条条沟
惯用的锄头绕着不规则的地，转
老牛顺着父亲的细长竹鞭，转
父亲围着山的皱纹，转
周而复始，穷尽一生的念想
总也转不出山的掌心

◎ 挑着柴火翻过黄昏的山梁

太阳下山，风也开始收拾云裳
母亲挑着干重的柴火翻过黄昏的山梁
厚实的脚板长满老茧
闪过沙砾的锋芒
刀茅咀嚼过的伤口血迹未干

每挪一步，山顺势摇晃了身子
母亲也挨近渐凉的落霞
山风吹乱汗湿的发
紧贴了浸透碎花衣裳的阳光

翻过一道道梁，转过几道道弯
竹担上的柴火芬芳了黄昏的
陡坡，沟坎，荆棘及林涛
看不见路的地方，渐起炊烟
炊烟下的瓦屋，鸡鸭在等
老牛在等
弟妹和我在等

刘志宏

散文诗是刘志宏文学创作中的闪光点

刘志宏，中国国土资源作家协会会员、甘肃省作家协会会员，在散文诗的创作上成绩斐然。目前已经发表作品千余篇，近百篇作品获奖，出版散文诗《感情的牧歌》《岁月的回声》，散文《思想深处的乡土》。

散文诗是刘志宏文学创作中的闪光点。

2000年，他的诗作《山野的阳光》在《诗刊》“大地征稿”中获三等奖，诗刊副编审邹静之先生给予了较高的评价。散文诗《走进灿烂的十月》在《祖国情》征文中获得了二等奖，香港《世界诗人》总编、香港作家联合会会长蔡丽双博士认为：“刘志宏娴熟地运用痛感手法，将五官感觉通融，大大丰富了语言的表现力，使散文诗在有限的篇幅中收纳广阔的容量。”2013年散文诗组章《吹响故乡的风》获得了“华夏情”征文一等奖，著名作家石祥先生在他的述评文章《梦在前方，路在脚下》中，认为刘志宏写得“情深意切，感人肺腑，既有浓郁的乡土趣味，又有鲜明的时代气息”。

中国国土资源作家协会作家范宗胜认为刘志宏的《品茶》，语言清美，构思精巧，意蕴深刻，无论形神，都切合“茶”的品质，达到了人、诗、茶、思四者交替跃进而又合一的状态，再好不过地体现了散文诗动荡、波动和惊跳的特点。

刘志宏诗歌精选

◎ 母亲的村庄（外一首）

岁岁年年
覆盖母亲心头的
总是那片庄稼

以及被日月和汗水
摇醒的光阴

母亲，始终以一束麦子的无私
喂养着日渐丰腴的村庄
让我瘦瘦的梦想
填满渡口的乡情
走向山外神圣的经典
而母亲弓起的双眸
始终拔节着饱满的田野
把祝福和粮食天天盘点

昨晚，我梦见母亲
捧着闪光的泥土和种子
匍匐在古老的年轮上
让所有裂痛的皱纹
在金黄的秋野
疲惫地涅槃

那条月色下朦胧的乡路
指引着村庄的归宿
在挂满泪水的呼唤里
点燃慈爱的太阳

◎ 麦熟的季节

太阳般火红的色彩
闪耀在季节金色的芒上
弯腰如弓的旧事
让遥远的记忆
带来童贞的消息

故乡匍匐在六月里
汗涩的呼吸纯朴而急促
站在田间地头的老父亲
手持镰刀的悠闲姿势
走不出麦香的平平仄仄
在夕阳的注视中
腰弯成一幅丰收的剪影

享受风调雨顺的恩惠
收割机啃着阳光的欢笑
挥动满眼的黄土情结
爱情堆起的麦垛
咬着媒婆咧嘴的笑意

让小村挺直腰板

◎ 乡情

不眠的乡情
夜夜袭我
烛光下素笺渐瘦
相思和炊烟
已被一张张邮票
越寄越远

翻千座山峰走万条路
穿千重雾霭破万重愁
不倦的乡音
常常拆开线装的亲情
让热泪涌动的问候
淋湿炊烟的双眸

刘江波

以诗歌滋润人生

刘江波，湖南祁阳人，居广东。2000年入伍，2006年转业，服役期间曾因新闻报道工作成绩突出，立二等功一次，立三等功二次。现为广东省云浮市广播电视台新闻中心记者，云浮市作家协会理事，湖南省诗歌学会会员，广东省作家协会会员，中国诗歌学会会员。

诗观：用键盘敲击灵魂，以诗歌滋润人生。

刘江波诗歌精选

◎ 千里之外思潇湘

曾用车轮一圈一圈测算
我们如今间距千里开外

身处粤西十六载整
五千多个昼夜交替
潇水缠绕 湘江绵长
梦牵浣衣的白发母亲

游子的心　你可知否
总有无处安放的时刻
偶会空荡 莫名的痛
血液少了故土的滋润

◎ 相似的情景

从离家千米的幼儿园
接四岁的儿子放学
下车上楼的途中
我在前　他在后
忽然听到撒娇声：爸爸等我
我停下来　转回头　等着他
又一声：回来等（接）我

脑海里电光火闪掠过一幕：
湘南乡间山路上的两兄弟
八岁的哥哥在前　五岁的我在后
蹲在地上赖着不走：哥哥等我
无奈的哥哥只能停下回头等着
又一声：回来等（接）我

彼时　父亲还未过世
尚幼的兄长已如父
快步踅回拉着我的手
此时　我已身为人父
重新返回拉着儿子的手
向前走　向家走
多么相似的情景

老刀

他将笔探向了生活最底层

老刀，中国作家协会会员。2000年参加《诗刊》社第十六届青春诗会。2004年诗集《打滑的泥土》获广东省第十四届新人新作奖；报告文学集《力缚狂魔》获第三届金盾图书奖；2003年，组诗《关于母亲周利华》获《北京文学》新世纪首届“北京文学奖”诗歌奖；2005年9月，获首届徐志摩诗人奖，2014年获《诗潮》最受读者欢迎年度诗人奖。被著名诗人韩作荣称为开辟了一条属于自己的诗歌之路的诗人。

让细节说话，让局部说话，于从容叙述中刻画性情。一个农业时代的大写的母亲，俯身于后工业的消费语境，突出了某种诗歌品质的不可消解。质朴、深挚的风格，温暖而略显呈感伤的语调，与《大堰河，我的保姆》一脉相承。

——新世纪首届北京文学奖诗歌获奖评语（评委：唐晓渡、谢冕、林莽、吴思敬、邹静之）

著名诗人、翻译家绿原先生说：诗人老刀的视线一直关注着占中国人口比例最大的农民和离开了土地的农民工，他的悲悯之心一直和这个庞大的群体在一起跳动。这个群体代表着古老的中国，代表了自然和生命，诗人的歌声因此显得纯朴、真实和广阔，也就必然体现出他的良知和社会责任心。

著名诗人、《人民文学》主编韩作荣这样评价老刀：像老刀这样开辟出一条自己的诗歌之路，具有独创性的青年诗人，不能说绝无仅有，也是为数极少，他该是具有重要性的少数诗人之一。

老刀的诗深刻地揭示了社会变革时期人与社会，人与人之间复杂而又简单的关系。在艺术上，老刀有着不同寻常的表现手法，发出了具有原创性的声音，开辟了一条与众不同的诗歌之路，丰富和发展了汉语诗歌。

老刀诗歌精选

◎ 英雄

小的时候
父母打我时
奶奶就在一旁骂
你是头猪啊
打你都不会跑
我就是不跑
我不是猪
我是刘胡兰
黄继光、董存瑞
打算得了什么
他们连死都不怕
我要让父母打
看他们能把我打成怎样
我要让父亲
打到手软
让母亲打到自己痛哭
抱着我认错

◎ 盛大的夏天

我终于平静下来，我感到我蓬松的心
像一只叫不出名字的鸟，正栖息在疏朗的树枝上

羽毛蓬松，连那根飞走了的羽毛
都沾满了温暖的阳光

我不再歌唱是我的嗓子还不够好
不是一些日子没有到来
一些日子已经在泥土中烂掉
春天过去了，喜欢阳光的花儿照样会开放

我还没有来到你们中间，不是我迟到了
是我压根儿就不想去了，我没有你们想象的重要
我喜欢这个敲打着铁桶的乐队
我半路改变了主意，我决定下午留在他们中间

我不再关心的那些东西，从今天起
我要给我骄傲的心找到一条蓝色的河流
我要把关闭的门打开，盛大的夏天啊
你也给我几日好天气，让我也变得充实丰盈

◎ 南宁的树

南宁的街边有许多树，
有人形象地把这座亚热带城市喻为绿城。
我在一棵树的跟前站立良久，
我不知道这是一棵什么树。
我对植物知之甚少，不像我对人的分辨。
除了桃树和李树，

可以通过果实来区分，
我把所有高过我的植物统称作树。

我讨厌把树分门别类。
比如这棵树，它不知道我是什么人，
我不认识它是什么树多好。
陌生让我们轻松。
你看它在我面前显得多么自然：
它的枝叶向四方舒展开来如此的和谐。
一些静享着阳光，
一些栖息在幽暗的美梦里，
一些低垂到杂草里。
如果我们熟悉，
我想我们彼此都不会如此的自在。

旻旻

文字是诗人的向往和信仰

旻旻，原名林旻颖，又名林爽英，中国作家协会会员，广东文学院签约作家，广东省作家协会残疾人分会副主席，广州市增城区作家协会副主席。文学创作二级。著有诗集3部，散文集《滴露成珠》，小说集《繁花碎》，长篇小说《雾庄》，非虚构文集《你值得我所有的矫情》。获广州市第六届文艺奖，是2010年广州亚残运会火炬手，2014年全国自强模范。

1999年，旻旻出版了第一本诗集《画出天空的彩虹》。2000年后，她开始关注身外世界，开始思考为什么活着，为什么写作？她清楚只有把生命里最重要的问题想明白透彻了，才有可能进入真正的写作。文学的世界可以和庸常的日子不一样，也应该不一样。文字是诗人的向往和信仰。她相信简单，相信爱、真、善、美才是文字的理想国。

长诗《风吹过叶尖》让旻旻找到最熟悉，最符合个人气质的表达方式——她决定用诗歌创造出一个属于自己的世界。她的诗与美有关，这是诗人自我的需要，也是她的热爱。她的诗，写的都是关于自由、孤独、爱、生死和时间，因为诗人要借此说出自己对世界、对命运、对生和死以及爱的理解。它还必须忠于诗人的内心，如此，她才能最大限度地消除内心的恐惧和不安全感，以获得灵魂的完整。

“旻旻的诗歌语言简洁、丰满、富有穿透力和张力。她带着被疾病击败的身体在世界行走，她把身体和世界施与她的痛苦和微弱的星光，化成了一首理解和宽容的歌……这使她的诗歌达到了一种深刻的平衡的美。旻旻的坚韧、对身体的独特体验，以及对生命的更广阔期待，使她的多厄的命运变得绚烂多彩，她就像自己的女神，成为承受自己命运的歌者。”（世宾语）

2014年，旻旻被评为全国自强模范（全国165名，广东5名），受到习近平等国家领导人的接见。

旻旻诗歌精选

◎ 第六十九天

今夜死神化身俊美男子，风度翩翩
我们情同手足。我们在水面跳狐步舞
他有鱼一样冰凉的手
他说我是个难缠的姑娘
“亲爱的，不要和命运较劲……”

◎ 有一天，水会来

有一天，水会来，会装满整个海
抹香鲸会来窗口接我
大海没有分岔路，巨浪会来，会掀开门帘
水母跳着草裙舞，塞壬轻轻唱
那些传说中的歌声
它的妖娆和蛊惑
无法把我变成诡异的石头
海底有红珊瑚，白珍珠
能把脚踝打扮得珠光宝气
还有那根针，就让它留在大海的深处吧

◎ 亲爱的身体

亲爱的身体，我的肉身
我任性的姑娘
我们不再较劲了可以吗？
我已经原谅了你当天
告别神的时候，粗心慌乱
仓促里穿了一身不合体的衣裳
我也原谅了你，这一生无法抵达
到水面上起舞，在光中奔跑
以及所有爱的庇护和忧伤……
我原谅了你所有的所有，一切的一切
天空蔚蓝，我光着脚丫坐在云上，轻轻一笑
这是你乱花渐入的红尘。亲爱的身体
不是我的

茗芝

纯如橄榄清如风

茗芝，小学五年级学生。在《中国少年文摘》《长江文艺》《延河》《中国诗歌》《诗歌月刊》《作品》《南方日报》《羊城晚报》等发表诗歌200余首。出版诗集2部。诗作入选《当代诗经》《新世纪诗典》《给孩子们的诗》《中国新诗》等多种选本。作品被译为英、德、韩等多种文字。获惠州市首届文学创作大赛诗歌类冠军、广东省小学生诗歌节现场总决赛一等奖、第四届小诗人奖、新诗典00后海滨诗赛第二名等奖项。

在一个十岁女孩眼里，大人的心理实在难以理解。昨天黑鞋，婆婆询问；今天红鞋，婆婆亦问。该红该黑，实难适从。与其说《红与黑》是一个小女孩的疑惑，毋如说它正是对当今生活在喧嚣城市的人们浮躁心理的反映。

孩子的心是一张白纸，生活在阳光下，她看一切都充满阳光。“托比咬烂了/我的红领巾/这是国旗的一角/这只不爱国的狗。”赤子之心赤子爱，童言无忌显真情。类似于托比这样卖国之狗，在当今，在大人世界，不乏典型。面对这样阳光的孩子，难道没有触动吗?

小作者可能在写一时之感，她并未想到要给大人们什么哲理。但大人们读小作者，读到的则是经历了无数痛苦挫折后的感悟：在人生的风口浪尖，该怎么办?《不要站在风口说话》：“你看风/把你的话捉走了。”古人云慎言慎行，应防祸从口出。今人常说生存之道之一是不要给人留下口实，别叫人抓住话柄。正是怕被“捉走”啊!

童真童趣盎然。清新如春风，纯美似橄榄。这便是我这个在文学上摸爬滚打过来之人对其文之评，也是对其人的一丝冀望!

——文/金大时（读者甘肃数码科技有限公司总经理）

茗芝诗歌精选

◎ 有意思

我说爸比很有意思
爸比说你现在才知道啊
我说，嘁
我还没出生就知道了

◎ 小冰

小冰让我发图片
它说可以根据图片写诗
我发了一张
小冰说
“她嫁给了人间的许多颜色”
这个机器人
不说人话

◎ 不爱国的狗

托比咬烂了
我的红领巾
这是国旗的一角
这只不爱国的狗

孟夏

诗意的孟夏

孟夏，原名杨协亮，中文系毕业。诗歌作品散见于《星星》《诗潮》《诗选刊》《诗歌月刊》《中国诗歌》《中西诗歌》等。广东省作家协会理事，揭阳市作家协会负责人。

孟夏对文学创作的爱好，始于爱做梦的学生时代。上初二时，《给妈妈的诗》在市级报纸发表——后来他明白了那就叫“处女作”。那么多年过去了，但当时领到2.5元稿费时欢呼雀跃的情景，他至今仍记忆犹新。此后，他不断有诗歌在《中国青年报》等全国各地报刊发表并获奖，高二时，还获得广东省中学生征文竞赛高中组一等奖。

进入师范院校读书时，先后担任中文系文学社社长、社刊《绿帆》《月亮河》总编，团委刊物《新绿》副主编。中国高等教育出版社编辑的《中国大学生手册》向全国各所大学征集大学生诗歌作品，他的《致友人》一诗从1000多首应征作品中脱颖而出，跻身15首诗歌之中。

参加工作后，孟夏一如既往地徜徉于文字之城，以笔为杖，记录自己的所见所思、所悟所感，或洋洋洒洒千把字，或点点染染数百言。醉心于写作的他，并不求在文学创作上有多大的建树，更多的是把遣词造句当作一种记录思想和感受的个人活动，把文字的经营当作一种诗意的生存方式而已，别无野心和奢望，但辛勤的耕耘总是能够有所收获的。2003年，孟夏作为揭阳市唯一的代表出席全省诗人代表座谈会。目前，他不仅在全国公开发行的报刊发表了散文、诗歌、小说、评论等作品500余篇，部分作品还被《青年文摘》《中国剪报》等30余种刊物转载，以及入选《2009中国诗歌选》《中国百年新诗经》等选本及地方教材，还是《关睢爱情诗》刊2014年度青年诗人奖获得者，且著有个人诗集《蓝色的家园》等3部。

孟夏诗歌精选

◎ 城市里的雨

你从来就不看天气预报　一定不知道
这个叫揭阳的城市　连续一个月来
被时大时小　时急时缓的雨困住
我杀不出重围　只能无助地想你
溅落在窗台上的雨点　轻而易举地
打湿电脑里那一封发不出的E－mail
打翻案头红酒杯里潮湿的火焰

这个脚步不断加速的城市生机勃勃
但疾走在蒙蒙雨雾中的我
除了爱　我一无所有
我知道这个城市没有你　只有泛滥的雨水
还是打一把小伞　遍寻每一个角落
密集的喧嚣将我覆盖
我策划的一场小小的逃离　因此流产
一把伞　撑不开两个人的行程

好不容易散落几瓣软软的阳光
我迫不及待翻晒着一直不敢开启的内心
泛湿　但没有霉点
那些藏得最深的思念　干爽而晴朗

安静片刻的天空又开始涨潮
窗外的雨淋漓地下
站在窗前　笨拙地点燃一根烟
隔着一层密封的玻璃　我沉默地想你
想象你居住的那座小城一定阳光明媚
但忧伤的距离　何遥远得过你

◎囚

我用文字秘密筑造一座监狱，把你
囚禁在里面了。对这一切
你并不知道。也许觉察了，也
不在乎

可是我不管。我还要把围墙
一寸一寸，加高
防止身怀绝技的你，成功越狱

慕容

一个行走在诗歌里的灵魂朝圣者

慕容，又名慕容楚客，原名彭海波，湖南永州人，现居深圳。摆过地摊，当过流水线工人，做过餐厅服务员，开过咖啡馆，也经营过书店。系中国诗歌学会会员，湖南诗歌学会会员，湖南诗词协会新潮诗会新诗创作委员会主任，广州青年作家协会诗歌创作委委员，《湖湘诗歌》杂志执行主编，著有个人诗集《行走的忧伤》《局部荒芜》。

诗观：始终认为诗歌是灵性的文字，一旦根植于内心，就会不断地成长。

广东外语外贸大学中文学院何光顺教授评价："慕容的诗有一种极冷的色调，一种沉入黑夜、寒冷、深渊的自我放逐，让读者在品读中感悟生存之荒凉与艰辛……"

华南农业大学中文系王瑛教授说："慕容的诗兼有理趣和情趣。内心本多有心绪的，文字背后全是悲悯与苍凉，却灌注哲性思考。他的诗歌创作，其熟练的诗艺不是最动人的部分，那些来自灵魂深处的声音最为动容。"

著名诗人、中国诗歌学会副秘书长周所同则认为，慕容的诗有种天生的悲悯情怀。

华文作家、诗人，新西兰知名媒体人毛芃说："慕容的诗因深刻而悲伤，精练地陈述冷血的事实，这是诗魂的伟大，悲悯中自有一股力量，这是大诗人的架势!"

"慕容先生用文字的精华写出了人生、苍生、人性与良知融合，写出了文字与诗的灵魂，使人遐想和回味!"这是读者对彭海波诗歌的评价。

慕容诗歌精选

◎ 城镇化

最后，我们不得不虚构一切
虚构炊烟、虚构田野
虚构老屋、虚构水牛
或者，虚构一堆堆坟土
用以安放，早已无处安放的
乡愁

◎ 中秋月

三秋桂子举在眉头
漫天星子，是你
精心挑选的俳句
用目光，一一叩打
故乡的名字，瘦不过
子夜时分的月亮
有些文字，在秋水长天里
隐隐作痛……

◎春分辞

那朵含恨盛开的玫瑰
被众神的眼泪，浸泡得支离破碎
赶在青春枯萎前的午夜，遗忘
那场纸质的雨。梧桐树下
并没有想象中的缠绵，或者热吻

春分，那群饮醉的雀鸟
依然觊觎着世界，仅剩的残羹
你素手剥离春风，抽出珍藏的茧
编织这个，凝固的时节

年少是一匹烈性的马
跳着紊乱，而又脆弱的舞步
我弯腰细嗅，飘零的落红
却一不小心，错过了你

木子红

新归来之路

木子红 ，中国诗歌学会会员，广东省作家协会会员，《南方都市报》专栏作家。作品散见《作品》《小说月刊》《诗选刊》等各文学期刊及选本，偶获小奖。

在沙克先生的邀请下，木子红加入了中国新归来诗人群，沙克先生定义的新归来诗人群：“虽然同行者之间的文本风格各不同，回归诗歌和生命本身的艺术所指趋向一致。”他说：“新归来诗人，是中国当代诗歌史中的客观存在与特殊现象，他们既是近30年来文化价值嬗变造成的社会学意义上的诗人群体，也是文化多元化、诗歌个体化背景下的价值集结。这个群体由于是在70年代末及80年代开始诗歌写作与发表，注定他们以60后、50后和70后诗人为主……而第二批归来者，是指因为经济社会转型嬗变的撞击，一批写作几年、十几年的青年诗人主要在1990年到1999年那一段时间，自动地离开诗歌转而去解决生活、事业、家庭、学业等各种现实问题；到了21世纪初，他们又自动地陆续回到诗歌重新写作，成为新世纪初中国诗坛壮观的‘新归来’诗人群体。”

在成为新归来诗人群体的一分子之前，木子红把自己的写作称为阶段性的候鸟。这只候鸟，既是现实世界中的候鸟，同时也是幻想世界中的候鸟。她的文学主张是“在小说、散文和诗歌中跳一曲每节三拍的圆舞”。还在1998年时，她的第一本中篇小说集《最后底线》出版了。当时，她的责任编辑刘钦伟先生向读者这样介绍她：“写了一篇小说，木子红就停了下来，停在了写诗的开始。2000年，我们迎来了木子红小说的复苏。”不知道，将来，如果她出诗集时，她的责任编辑会不会这样写——“90年代初，写了几首诗，木子红就停了下来，停在给《南方都市报》写专栏的开始，停在了写长篇小说的开始。2016年，我们迎来了木子红诗歌的复苏。”她说，如果是沙克先生介绍她的诗，肯定不会重复用“复苏”二字，他一定会用“新归来”这三个字。

木子红诗歌精选

◎ 我的扬州帖

1. 扬州帖之十月柳

错过了三月，柳叶还绿在枝头
十月的杨柳没有止境
每一片柳叶都是我惊喜的眉毛
“秋尽江南叶未凋”
迎面是绿色夜灯，代替三月的一部分
代替白天的清冷，代替没有准备的心
光影穿行在我和大地之间，像移动的前世寻找今生
前路扑朔迷离。闭上双眼，我虚构另一个自己
请折枝柳送给我，让我不食烟火
不远去，不折返
让我睁开双眼，十月的杨柳依然行走
每一步都是逆光的风情

2. 扬州帖之运河舞

古运河静默下来，挂满灯笼的木船开始隐退
九十度的转弯过后，杨柳岸重新出场
“来吧，跳一曲羽衣舞”
夜在怂恿，河水重新沉浮
我无法抗拒，只好一步慌，两步乱
三步四步节节溃败
哦，十月的扬州，请不要再旋转我

这个季节，布衣荆钗已不适合起舞
原谅我无法顺从大地的注视——
纵使化作三月的柳条，也无法飞舞唐宋的霓裳

3. 扬州帖之花月夜

秋尽之夜，扬州怀揣三月的心
演绎最后一场《春江花月夜》
时间，地点和人物，仿佛伸手可及
瞧，观众和演员是春天的一部分
舞台上空的春天是悲欢的一部分
重新启动的悲欢是情节的一部分
记得来时吗？荡漾的小路，用哑语连接春江
陌生地通向东门那最后的花月——
嗯，那是夜晚不舍的一部分
记得迷途吗——
“这么多场景，构成故事的一部分”

马时遇

诗，骨头里钻出的呐喊

马时遇，原名马国昌，广东省中山市东凤人。业余喜欢写诗与读书，2011年踏足网络写诗至今。现任中山市网络作家协会副主席，中山市作家协会会员，中山市诗歌学会会员，华夏微型诗论坛创始人之一，《微型诗联盟》发始人。校园微型诗公益教学倡导者。诗歌作品散见于《诗歌周刊》《中国诗歌》《湖南日报》《诗潮》《中山日报》等。

马时遇是从《中国微型诗》摇篮里摇出来的诗人，热爱、创作微诗多年，自始至终坚持、追寻他自己的诗观精神，也是他为之奋斗的目标。他的诗歌正如他自己提倡的：诗语新、奇、趣、巧、精，情感真、朴，构思巧，意蕴深。他是一个非常有正义感的诗人，敢于说真话、做实事，敢于痛斥现代诗歌、诗人、诗坛里某些弊端，也努力给大家树立了一个好的榜样。

他的诗观是：诗，骨头里钻出的呐喊。

马时遇诗歌精选

◎ 晨书

是谁泼了一地，秋色
让春天
一下子挤在季节之外

有人，静静地注视着
一棵老树
跟前一小片
一小片仍在喘息的晨光

而她，却束手无策

◎ 父亲

父亲的路有点跛
我跟老树借了一根拐杖
父亲摇了摇头

背影越走越矮
时光的额上
飘着几根孤单的白

我不禁低下头

抽了自己一巴掌
断了，再次漂泊的念想

◎ 老桑枝

别，别老跟着我
小时候，母亲的眼里
我是个任性的孩子
“啪”的一声。满身
是脏兮兮的笑

每次时光摔倒了
总忆起这条老桑枝
它让我感到疼，深刻的疼

母亲走后
这条老桑枝像母亲，老鞭着我
“啪”的一声，这声音
特趣。耳朵说

楠木

在诗的世界，如燕一生

楠木，原名罗燕燕。祖籍梅州兴宁，现籍广州。广州市作家协会会员。作品散见于《中师语文报》《黄金时代》《诗词报》《番禺日报》《圆桌诗刊》《射门诗刊》等。出版散文集《岁月无声，燕过留痕》。

楠木自幼爱好文学，中师时任校文学社社长。18岁在《中师语文报》发表处女作《友谊地久天长》。青春年华里，她珍视着友谊之花，她说："太阳底下/水做的心最难永恒/假如你懂/就请珍藏你心中的情/让它/天一荒一地一老"。1998年北上，在北漂的日子里，用文字记录心中所思所感，去抵抗生活中的种种不如意。2000年在《黄金时代》杂志发表短篇小说《匆匆的邂逅》。2001年，网络文学盛行，开始以"gd阿笔"的笔名在榕树下、天涯、西祠胡同游刃自如。从南到北，她的世界只对文字开放，心不设防。

2004年，她回到广州定居，停笔十年。直到2014年找到心的方向，以楠木的笔名重新拾笔写作。她对新诗心存虔诚，潜心创作。在楠木眼里，诗是她的前世情人，今生恋人。她曾说过："今生遇见你，余生都欢喜。"这是她对诗歌的深情表白，在她心里，写出一首直抵内心深处，触及灵魂的诗，就像琴瑟在御，情投意合的情侣般无比幸福与感恩。她一直走在内心与灵魂契合的路上，她感恩所有的相遇相知，她在《偷来的时光》里说："杯中的茶，你斟一次，我喝一次，反复/就着一桩桩的流年，微醉。"

她从未停止脚下远行的步伐就像未停止过对诗歌的心动，无论在哪里，她都在用自己的方式追求自由诗意的人生，坚持做一个简单纯粹的诗歌爱好者，在诗的世界里，如燕一生。

楠木诗歌精选

◎ 偷来的时光

像是偷来的时光，相见甚欢
而你也在，空气中流动丝丝窃喜
新到的小青柑在主人眼里受宠

罐中普洱的年份，在我们面前抬不起头

客厅的欢声笑语随着墙角的乐曲流动
我听着，偶尔说着，傻傻地笑着
杯中的茶，你斟一次，我喝一次，反复
就着一桩桩的流年，微醉

桌上的杧果被南瓜冒充身份，一动不动
西班牙的红酒被七喜撞了个脸红
濑尿虾失去自由的时空，蜷缩
舌尖发麻的词语，诉不尽一春一秋

汽笛将我们送入冗长的夜色
明天是否又要向我们索赔这时光?

◎ 夜空中最亮的那颗星

巴厘岛的安宁夜，夜空中太多的星星
没被当地政府关住，调皮地跑出来

一闪一闪眨着眼，好奇地看着兴奋的人
它们不知道，我的天空曾经也这样

什么时候开始，追逐繁星成为我的梦想
怀念星空像怀念萤火虫一样，遥不可及
这些年，它们都去了哪里?
令我行走他乡，双脚也不会哭泣

夜空中最亮的那颗星，你已不在我的天空
你的心里没有我，才会看不到我的仰望
看着你慢慢地走远，除了微笑，我别无选择
只要你星光依旧，不再去想璀璨着谁的夜

◎ 榄核的风

在涟湄的星海故里，听久远的咸水歌
穿过榄核的甘蔗林，迎着南风
邂逅一桥一户人家，碧水环绕村屋
轻轻走过，别惊扰了梦中的水乡

榄核的风，今日没能飘起美丽的香云纱
留下一份念想，向往下一个阳光灿烂的日子
坐在河堤上的我们，像孩子般贪恋着风
看远去的舟，听耳边的风，心中涟漪又起

时光停留在西江边上，就着晚风

喝下日暮，一杯接一杯地碰撞诗意
来来往往的船只带不走彼此的故事
我们无秘密可言，快乐不知时日

漫步在江堤，吹不够榄核的风
那微波粼粼，漾在心湖。这不是错觉
该是离别的时候，一轮弯月相送
车灯将我们的影子拉得很长很长

南尾宫

大海边的歌者

南尾宫，原名刘卫，曾以刘卫之名在《飞天》《诗选刊》《诗歌月刊》《诗潮》《小小说选刊》《杂文选刊》等文学刊物发表大量文学作品。停笔十一载，2017年开始以笔名南尾宫在《诗选刊》《中国诗人》《延河》《山东文学》《天津诗人》《山东诗人》《海岸线》《诗词》《羊城晚报》等发表诗歌若干。并有作品被多种文学选本选载。先后获《飞天》《诗潮》全国诗赛二、三等奖等奖项。2015年当选为徐闻县作家协会主席，2017年当选为湛江市作家协会理事。

他始终认为，诗歌就是灵魂的呼吸。每一个字，都是灵魂的震颤，甚至每一个标点。诗人像个盲人，摸着列队在那里的每一个汉字，倾听它的心跳——是否在跳动着他的脉搏！诗歌耗去一个人生命的元气。一首诗留住一段生命，这就是诗歌创造的奇迹。

20年前，刘卫就在《湛江日报》的“百花版”发表作品。后来他看到有些诗人直接用自己的村名作为笔名，如“安石榴”“东荡子”等，他便决定摇身一变，也把出生地“南尾宫”扛到了肩上，作为他的笔名。

2001年，他的诗歌《羊·父亲·乡亲》等获《飞天》月刊“武都水电杯”全国诗歌大奖赛二等奖；2003年，诗歌《与钱相依为命的日子》获《诗潮》双月刊首届“巨龙杯”全国诗歌大奖赛三等奖。2003年10月在《佛山文艺》诗歌栏目头条刊发诗歌《与钱相依为命的日子》《不要惊醒睡梦中的女人》，栏目主持人、著名诗人杨克如此评论：“本期开篇诗人刘卫来自基层，诗作质量却让人吃惊……是同等题材精品。”

南尾宫诗歌精选

◎ 海风吹刮时间的白骨

数十艘抛锚的渔船　钉牢
躁动的大海

波浪折叠着一封封书信
努力着　要寄给谁？

时间是个哑巴　唯有海涛一阵紧一阵地应和
划桨而过的海鸟没有捎来任何音讯
海风吹刮着时间的白骨　吹刮着人类吹刮着庞大的虚无

向晚的日头病恹恹一瞥　大海顷刻涨红了脸
突然涌起的欣喜无边无际

◎ 瀑布

伸三十多米长舌　张到极致的喉腔
你磅礴的痛喊　震动群山

啊　碎片　纷扬如粉的破碎　溅出数十米外
是怎样的撕裂　以致无法收拾

这挂在崖壁上的

诉状！展开在人间的冤屈
这悬挂了万年的
痛
供游人欣赏　留影
升起他们心里的大旗

大家都忽略了
潭外十来米处　磅礴的哭　你跌跌撞撞
奔向山外

彭争武

追求朴素中的灵动

彭争武，一位坚守诗歌20多年的创作者，无论是在忙与不忙之间，他总是在坚守，总是执着，因此在诗歌的领域慢慢积累与成长。他现在已是中国作家协会会员，二级作家，东莞市作家协会副主席，在《诗刊》《人民文学》《花城》等刊物发表诗歌200多首，诗作多次入选《中国最佳诗歌》及《中国诗歌年鉴》《中国年度诗选》，出版有《无语的夜》《诗三月》《东莞书》《寻找》等诗集。

一直以来，他追求的是朴素中的灵动。他认为好的诗歌，需要直抵人心而不晦涩；信手拈来，而牵动情感。不矫揉造作，不故弄玄虚。所以，他的作品，很多都是短诗，信手而来，一气呵成。例如郑小琼在评论他的《无语的夜》时说：“仅仅从技巧来说，这一首几乎没有，句式相当简单，但是这样简单的句子却勾画出了一幅极为柔和的画面。读到这首诗，让我感受到的是一种诗歌语言在构成的那种静中所能受到的诗意声音的应合与升降，以及由此带来的那种‘真味至淡，至人如常’的境界。”又如南乡子在点评《写信》中说：“读这首诗如同听相声。第一段和第二段的前四行看起来都似闲笔，其实是在层层剥笋，步步递进，直至抖出‘包袱’，才让人眼睛一亮，心头一沉，于案几作惊奇一拍。最后六个字给读者尤其是给远离家乡的游子的震撼程度，不是一般的抒情的句子能够达到的，一句最平淡的表白，就是游子思乡之情的浓墨重笔。”

彭争武坚守诗歌白描手法，要在朴素中寻找灵动，在灵动中升华，因此，才显现出他的诗歌作品的价值所在。

彭争武诗歌精选

◎ 无语的夜

想象夜的手有着冰凉的气息
想象薄薄的夜里一盏灯有着淡淡的语言
想象语言靠近一间温暖的小屋
小屋在一丝冰凉的风里沉默

隧道口　一节火车鸣笛偷偷加速
近的地方近了
远的东西依稀了
吵醒的何止故事和故事里的人

◎ 黑夜里多了一盏灯

黑夜里多了一盏灯
它在书桌上沉默
它在窗口慢慢打开透明的身体

我从不做多余的动作
例如手势　语言
对于窗台外游动的夜与白天
对于桌上一盏沉默的灯
我只会遥控地开
遥控地关

黑夜里多了一盏灯
仅仅缩短我和书桌和书的关系
始终照不到我的内心深处

◎写信

后山的土豆
屋前的水稻
村头的老王
常串门的邓婶
初中同学秦志高
高中同学喻子英
这些我都不提

我开始写信
我给家里写信
我写了三个钟头
我写了六个字：
父亲
我睡不着

秦澜

用微弱的光亮，温暖世人

秦澜，原名秦瑞桉，土生土长的广州人。

大学时期与诗歌、文学接触的机会越来越多，久而久之，他与诗歌结下了最初的缘，是诗歌让这位赤诚的青年留住了心中那块宁静的故土，让他在茫茫人海中也能够偶尔停息下来，对着外面的世界发出自己的一声呐喊。

他认为：诗歌来自于生活，同时又为我们的生活增添了无尽的光彩。

2013年，秦澜尝试着向《微光诗刊》投稿，后来认识了《微光诗刊》的创办者兼主编木偶和成枫，对诗歌有了更深的认识。数年来，秦澜先后成为语文教师，成为《微光诗刊》主编，成为中国网络诗歌学会、广州市作家协会会员。创作了《五月的雨》《与观音对话》《老人与鸽》《收藏王国》《在消化科内》《在河沙》《微光》《天堂记》（组诗）等主要作品，有诗歌、散文发表于《西江月》《中国诗歌》《大别山诗刊》《夜郎文学》《诗词》《参花》等多种文学刊物，2014年端午节还参加了东莞观音山诗歌节。2018年5月20日，在广州白云山下的月溪书院，与木偶、成枫组织举办了《微光诗刊》八周年创刊庆典活动，为诗歌贡献了自己的力量。如今，他仍旧怀揣着那一份最淳朴的初心，带着信念，走在遥远而未知的路上，只求用微弱的光亮，继续给人世留下更多的爱和温暖。

◎ 老人与鸽

深沉，静默。连同少时的怀想
一并发霉，跨不出东华里26号的
铁栅门。一个尘世老人，多年前
遍寻知己，多年后把鸽子称作
一生的爱人。再后来他向往高处
从城中村搬到了离天空更近的
地方。吸烟的他，做梦也能幻想
从烟云里变出形态各异的
白鸽，甚至于在肺病复发的时候
他也竭力压住所有的咳嗽，生怕
沉重的回响又从空中震落几根
衰老不堪的羽毛。许多年来，鸽子
绕飞苍穹，始终有一抹世代不息的白
来取代他的飞翔。这个黄昏，当我
看见老人再一次把他的鸽子放飞
我终于懂得，老人养白鸽，不只是
忠于它的圣洁和美丽，更是要
借它的双眼，来实现自己
眺望世界的雄心

◎ 微光

毫无征兆，在一座城的阴雨里
你的消失像冷风，扑灭了黑夜
最后的灯盏。万千个市民
高举烛火，呼唤你的姓名
以诗歌的道义，照彻你远行的轨道
身穿一袭薄衣，头顶发光的帽
你从未跳出众人的视野
你的笑脸，悬挂于满街寻人的启事
你的放浪与天真，轻轻盖过了
那莽莽天空的蓝
南方到北方，两地的人们
竞相为你祈祷，珠水与洞庭
汇入你内心的潮涌，在你梦寐的草原
孕出独特而散发野性的马
如今，我们在黎明前守望，像守望
一个心怀远方的游子。你身陷何处
我不知道，但我知道，你的灵魂是光
哪怕被火烧过，也会在某一个晨曦
策马扬鞭地归来

若萦

简墨随文，草芥凡尘

这些年来，写作是若萦最大的爱好，也成了她诠释心灵的最佳方式，更久而久之成了一种习惯。 正如文友詹海林先生非常形象贴切的描述：“当写作成为一种习惯，写作就像烟鬼手指里夹着的香烟，酒鬼杯中芳香的美酒，色鬼眼里仪态万千的美女，赌鬼牌桌上五颜六色的赌具。”妙！常有人问，这样天天不停写，会否江郎才尽？词穷语末？究竟有什么值得写？写来又有何价值？其实，每一位文者都有同感，总会有些时候，真的脑内一片空白，穷思冥想也写不出一个字。有时，什么都不想，也不写，让思想留空。然而，生活是源于发现，美丽和惊喜也是源于用心发现。就是那一次一次用心的发现与刹那的顿悟，从而萌生了无穷无尽的文思和文字。文字有种意义，是愉悦自己，记录生活，不必在意别人怎么看。文字之所以存魅力，它既是灵巧的隐者，把人内心最深处的秘密隐藏得恰到好处；同时，它也是灵妙的诠者，把人最真实处的灵魂剖释得淋漓尽致。只有真正能读懂的人，才懂。喜欢文字的人总是感性、细腻而多情。

记得有一次，在某文学网发表一篇微电影剧本，难得获推荐为“精品”，字数3000多，意外得到稿酬为3.04元。刹那间，思绪万千，百感交集。曾想，如果有一天，写作成为谋生的唯一手段。然而，现实中的文字却只如白菜价，教人情何以堪？或许，这就是文人所谓的悲哀。细想，真到了知道生命之界限的那天，能否把文字和思想写到生命最后一程呢？写作的爱好，曾视它如生命的一部分，然而，当磨难降临，无法逆转，生命竟是如此轻之若羽。在当下纷繁而重复的日常生活中，独处静心地写文字，是一种奢侈。她选择诗歌这种内心灵魂的表达形式，也是她释放沉重的生活压力的方式，同时也是对生活和生命热爱的执着。

“看山是山，看水是水；看山不是山，看水不是水；看山还是山，看水还是水。”当风景都看透，世间万物，不外乎来如水，逝如风。简墨随文，草芥凡尘。

若萦诗歌精选

◎ 秋至

芙蕖萎靡了红妆。夜梦
耳畔传来
莲子剥离莲蓬落湖的声响
雷雨一场，东风破了
季节的第三重门
琴弦拨动不惑的前奏
弹奏着从前，一起走过的轨迹
回不到起点，没有终点
此时花落。翻开
红尘四章的扉页
来年花开。少不了
新乐鲜章呈现
今日事不外乎是往事的前世今生
最终成为故事

◎ 秋寄

八月萑苇。流火的末浪
在渔翁的瓮底涂一抹季节的尘沙
蒸干后残留海的味道着实让人蹙鼻
屏着气，寻觅荻花的坠点
那是与风共舞的痕迹

不经意地灵动着秋的轻盈
朝潮暮汐。恕我不去
求天后娘娘赐一卦。管它阴阳仄合
秋风起时，云帆归期
便是灵卦

◎ 等待一场雨

这一场雨，本是五月最完美的鸡尾酒
姗姗未能登场。期盼将是六月开场清爽的香槟
电光在漆黑的夜幕闪烁挂彩作为持续的前戏
等待在燥热抑闷中消磨
挣脱梦魔束缚的我，破晓时分
如一条涸泽之鲋，找不到相濡之沫
窗外，此刻正艳阳
听得见蝉儿的巡回个唱又重磅袭来
多么渴求这场预约已久的雨让它草草收场
期待这盏复活的甘露扶植一株葵花
不在等待里消亡，在烈日中仰头微笑

苏伦

写诗是他年少时的梦

苏伦，广东揭阳人，新媒体人。主要作品：长篇小说有《忧郁少年行》《随风荡》《请许我尘埃落定》；出版爱情诗集《别了，我曾经梦过的女孩》。

在2008年3月，有一部名叫《别了，我曾经梦过的女孩》的诗集，在网上风靡一时。一首诗歌几天就获得几千的点击量，得到读者的热捧与转载，作者苏伦因此被称为“80后最会写情诗的人”。

谈起写诗，苏伦自豪地说：“初一的时候，我经常跟朋友写打油诗，不到几分钟，便能随口吟出一首七言绝句。初二看到普希金的《假如生活欺骗了你》，便开始模拟了一篇，后来一发不可收拾，写了一大堆哲理诗。”但在苏伦看来，他第一首真正意义上的诗歌，应该是在2003年11月写的《爱，也是一道风景》，那时他刚满16周岁，对于一个早熟的诗人来说，短短的16行诗歌，在字里行间，我们能明显看到那淡淡的少年初恋情怀。诗味很浓。高一暑假，一篇在英国浪漫派诗人华兹华斯、拜伦影响下的48行的格律诗《幸福的瞬间》横空出世，被当时赏识苏伦才华的语文老师赞叹不已，称“惊喜你语言的神速进步”！

在苏伦所有的诗歌创作中，要找出最具代表性的作品，恐怕是仁者见仁智者见智的事。但在苏伦眼里，他诗歌创作的高峰，应该是在2006年冬天，那年他高考失利，在揭东一中复读创作的三十几首诗篇，新诗跟古诗词皆有，包括《随风荡》里边洛边一中的部分情节也是在这段时间完成。而《别了，我曾经梦过的女孩》可谓是其中最具代表性的一首。

苏伦诗歌精选

◎三亚寻梦

轻轻地我来到这地方
满怀一身凄清与惆怅
只想有天能卷起波浪

让我能像鸿鹄般翱翔

也许是浪花卷得太高
使我的心在大海飘摇
也许是鸿鹄飞得太高
使我看不到天的缥缈

我曾跟随理想的步履
也想在三亚留下痕迹
在黑夜的帷幕下沉迷
去聆听大海潮落潮起

心儿向往故国旧梦
也曾在诗园撒下花种
只不知凄美的秋风
也会让落叶旋转天空

再一次在海边徜徉
它已没恋人的心伤

风轻拂起我的衣裳
我不要在梦里彷徨

今晚，我又站在星空下
要去创造美丽的传说
也许明天你会忘了我
但我对三亚已有所托

悄悄地我别离了故里
落花也不会随我而去
那曾经梦游过的土地
只在心田留下过追忆

宋亚东

与诗歌同行

宋亚东，中国诗歌学会会员，陕西省编剧协会会员，广州市作家协会会员，广州市青年作家协会会员，广东省作家协会《作品》杂志特约评论家。作品散见于《贵州文学》《三星堆文学》《中国诗歌大观》《威宁诗刊》《蒲城文学》《南苑》《新诗百年·诗情可回首》《长安风诗选·中国当代诗人卷》《作品》等，曾获多个文学奖项。

宋亚东对于诗歌的爱好，基于家庭的熏陶。他的母亲是一位大学语文老师，从小耳濡目染令他对文学有着很深的热爱，大学时期正式走上了文学的道路，大二发表了第一首诗歌，其间在多家媒体刊物上发表了多篇作品，也同时获得了各级别的文学奖项。他经常抽时间参加一些诗歌交流分享会，如2016年4月1日，他受邀前往暨南大学珠海校区参加首届广东省诗词巡回论坛；2016年11月20日，受邀前往南方医科大学参加第二届夏青杯文学交流活动；2016年11月21日，前往广州恒智书院参加2016广州青年诗歌创作交流会，由中国作家协会会员老刀老师主讲；2017年3月26日，前往南方传媒大厦参加广东省作家协会副主席杨克诗歌分享会——“跟杨克一起重新发现广州诗意”等，从中交流学习。

对于诗歌，有位老师曾对他说：“写作不是一蹴而就的，谁也不是天生就能写好的，慢慢来，虚心去学习那些好的作品，你一定会有更大的成就的。”

宋亚东认为，每个人都有自己写作的独特风格，在他的认知中，诗歌没必要有着华丽的词句，它仅仅有的只是一种平凡朴实，触及灵魂的心境。

宋亚东诗歌精选

◎ 一座桥的随想

（一）

我躲在隐秘的地方看着你
看那静静的流水从你的身下流过
夜幕下那弯弯的小桥
宛如父亲的脊梁
清冷的月色伴随着昏暗的灯光
仿佛苍老了许多

（二）

时过境迁，我们都已长大
而你也在慢慢老去
我想驼起你那沧桑的身躯
一步一步地向前走去
宛如儿时你背着我的那样
漫漫长路是你为我而建
这条路本该属于你
属于我们的回忆

◎等待

（一）
曾经和你相遇南国
吻红过那枫笺如血的秋天
我独吟着这烟花如雨
含情脉脉地望着
这充满风韵的岭南

你的一言一笑
在我心中植下了不灭的记忆
如今沙尘，月光
让逝去年华的脸
昏黄中透出苍白
总有轻如薄雾的蒲公英
呼吸在阴冷寂寞的窗台

（二）
曾经牵着你的手
觉得不会迷失自我
可如今
送你玫瑰的手心还有暗暗的香
滚烫的思念就像夏天的孤独
我的口袋
依旧装着两个人的约定
小心翼翼地守着
生怕遗失了美好
我会在未来的某一路口
等待着你转身的那一刹那

石文娟

花的诗学·不忘初心

石文娟，笔名独幽篁。祖籍山西汾西，现居广州。广东省作家协会会员，广东散文诗学会理事，广州市青年作家协会副秘书长兼诗歌创作委员会常务副主任。系山西师范大学中文系毕业生，美国西北理工大学99级EMBA研究生。15岁开始发表作品，多次获得全国奖项，作品收录于上百种刊物。已出诗集《让时间在爱中消失》，该诗集2011年荣获第十一届中国世纪大采风金奖。

诗观：诗歌应该探寻到人性的最初，美、柔、韧、浑然一体。

作为一位女性诗人，石文娟在谈到关于花的诗学时，会首先谈花，每种花开的花期与盛开形态还有色彩都是迥异的，但它们都有同一种共性——“美”与“柔”。她觉得诗歌除了呈现美，也应该是温柔的，有着它特质的柔性。柔性的力量是带有弹性的，也是有韧劲的。这种韧劲犹如“水滴石穿”之势，也是诗歌的一种精髓所在。

她提倡“真善美”在诗歌中呈现，什么是“真善美”呢，就是人的初心。诚实，善良，追求高尚的品格之美。诗人首先要先保存自己的初心，用独特的视角善于去发现或者发掘能够触动和感动人的事物，事迹。用灵魂之笔再将它浸润而出。意象合一，境界和谐。创作中需要一种身份互换，但都离不开柔性的理解与写作态度。同时柔性还是一种大爱与包容，也就是女性诗人胸怀的博大与宽容。就像她写的《太阳雨》中的诗句“我仅是这浩瀚天地，连接起来的一个缩语/各种语言的堆砌，各种符号的暗语”，展示了心态的气势，把“雨”当作连接天地的“缩语”，也对世界各国的语言与不同的标志做了一个概括。

石文娟诗歌精选

◎ 发现之旅

把羽毛理顺一些，开荒
拓地，筑巢，旁顾无人地
直抵绿洲
高举风筝的线
与星辰比肩

火红的鸟喙，啄木成网
加勒比海岸的精灵
淘尽浪花中缤纷（落拓）的花事
择桂摇旌，风驰般夙愿世间美好

你是我心中的瑰宝
美得盛不下众人分享的目光
晨起的阳光拨开紫罗兰的慧眼
扑扑翅膀，霞光万丈

他们把诗读给你听
把月亮藏匿于心
十万朵花卉，十万匹战马
碾过疆域的磨盘，除了灰尘
还沾满了锈迹斑斑

◎ 格斗

像个食古不化的人，码着加减法
在万千森林中，与自己格斗
树干上苔藓烫得发紫，自手心漫过
昏聩，心悸，颤巍巍，粗糙不堪
树脂流泪透视着春光与悬崖
奔赴过阳光，雨露，沾染了月亮的煞白
声音在扩音器中丧失审美角度
流星一样的背影从眼前划过
匆匆复匆匆，谁能从搁置的时光中拔出脚印
太阳将光环遗落人间
顷刻间喧闹的生机，琳琅的裸钻
劲草飞舞，先知的拱门洞悉一切
隐藏起符号，书籍布满悬疑
只需列队逐一刺伤自己
以抵达所谓的圣贤之地

◎ 微物或其他

1
种子在破土时黏合四季
阴影在扩张中销售着战果
城市的烟火留不住苦行僧的步履
命运不切时宜地
耗尽了晨曦的雾白

2

你终是要走出这条灰暗的山麓
整理倒塌的诺米骨牌
连同沼泽地带缺水的人群
呼吸与呐喊已变得涂靡
大自然造物，忽略了山水的结构
让冬天持续变暖，却温暖不了
心脏边缘的冻疮

3

适合一处风景的植入，适合梦想在高处
抛物线般投掷
新娘的装扮惹得粉坠的心乱撞
你那粉坠的心落入桃园渡口

4

鸽哨响起时，阳台繁花吐艳
无眠的空间，延续着膏药遮贴后的痛楚
空旷而无垠的气压，蘸着苦涩熬成汤
出落成玉盘的模样

5

紧致的内心，在有形与无形之间游走
血液在空旷的原野逆流成河
如果花红需要适宜的气候
你又何必拘泥于早春的降临

世宾

日常诗歌写作突围的唯一道路

世宾，广东潮州人，中国作家协会会员，广东省诗歌创作委员会副主任，东荡子诗歌奖发起人之一、东荡子诗歌促进会会长。文学创作二级。已出版诗集、文论《大海的沉默》《迟疑》《梦想及其通知的世界》等5部。“完整性写作”主要倡导者和理论阐述人。致力于“完整性写作”的创作和理论研究，已出版诗集《文明路一带》《大海的沉默》《迟疑》，评论集《批评的尺度》《梦想及其通知的世界》。

世宾先生认为，我们的诗歌基本已完成了语言的学徒期，我们终于能使用语言来表达我们所置身其中的世界所给予我们的所感、所受。这是一个不小的成就。我们曾在传统习惯的束缚和恐惧的逼迫下，无法认清世界的变化，无法真实地体验其置身其中的世界；我们曾把变化了的工业城市当成一千多年前的唐宋山水；我们曾把奴役下的社会当成春和景明的开平盛世；我们曾把个人的一切诉求迷失在集体的丛林中。但今天，我们终于能从各个角度真实或逼近真实地观察和体验我们生存的世界，我们终于能自由地，至少在写作意义上自由地说出我们在这世界上活着的困境、不幸和因我们的勇敢所没有被遗忘的喜悦。

然而，“我”的问题在大多数诗人那里并没有得到很好的解决，“我”在历史意识缺位的环境下，“我”在家庭、机构、阶层和某些群体建立起来的世界里成为它们的规范物。大量的诗人就是以这种被规范的角色在写作；这种被规范的写作也先天地决定了它必然和日常平行，它只能作为生活的映像出现在文学里。因为它在一定程度上规避了真正的社会矛盾，而没有在文化上和丰富人精神的复杂性上有新的建构，它无关痛痒的抒情让利益集团和哀怜者被遗忘在批判和抚慰的无人区。

他说，不必过分责难日常写作，但写作停留在日常上面，这也构成自我超越的一个重大的障碍，许多人的一生就在这里停滞。客观地说，每一个写作者一开始都是从这里出发的，眼睛就是从这里打开的，他们爱一个人，在意一件事，他们批判和歌唱，就这样以日常的身份开始了写作。但能否走得更远，能否真的睁开眼睛，来到一片开阔地，这需要真诚、勇气、责任和来自上天的某种天赋。从伟大的诗学来说，写作并不是娱乐或者宣泄，也不是自我的抚摸和自我的哀怜，写作至少必须具有超越性的精神，必须去建构一个能够看到人更美好地生活和更加有尊严、更加宽阔的生存世界；如果可能，还必须具有重建我们人类文明，提供新的思想、文化的努力，它能直接把人类的生存提高到或者开拓出一个新的境界。这就要求诗歌不能止步于个人的欲望、趣味、诉求和情感里面，而必须在一个更宽阔的地方扎下我们的根。“大其心”而怀天下，这是从日常写作突围的唯一道路。

世宾诗歌精选

◎毛竹

只有一点点，在沙土堆里
像乱世中的君子，巍然不动
满坡的草丛、灌木都在喧哗
它却如此暗淡、沉着
时间在万物的身上留下刻痕
唯独它，仿佛置身于遗忘的黑洞

而在那潮湿的地下
它的根吐着无声的火舌
在疯狂地扭曲着、伸展着
越过沙地和岩石，不屈不挠地向四周挺进
在看不见的地下燃起一片火海

那露出地表的笋芽，默默地
聚拢着时光，聚拢着风雨雷电
一年，又一年……整整四年

突然，它不再沉默，它爆发了
根部聚集的能量推动着竹竿
节节上升，它向天空猛烈突进
它已畅通无阻，信心十足
它伸展着枝叶，向高处展示着力

◎ 合唱团

他们的歌声明亮，一片光芒
阴影去了哪里？黑暗呢？
哀号和痛苦没有人听见

嗓音还在攀升。攀呀！升呀！
——无边的眩晕
他们没有生活，没有哭泣
没有夜——神被灭绝
在明亮之地

取消走调的音符
取消异样的声音
保持一致，他们攀升
攀——升——
他们没有语言，他们那些词
是谁赠予？唱呀！唱呀！
街头流失的血赠予了么？
艾滋病村的泪水赠予了么？
被压抑的头脑赠予了么？

高山来了！大海来了！
合唱团的歌声多么嘹亮
他们用肺腑织呀织呀
织一件锦绣的外衣

他们唱呀唱呀
他们有用不完的词
而人呢？他们的世界没有人

◎ 一个词已断了根

故乡，作为一个词
已断了根
我听见的安魂曲
在乡亲灰暗的脸上

天空越来越低
机器和伪吏，用否定
行使了山水的权力
草木的泪水凝结

赞美的诗篇
高音喇叭一再放大
所有的词，比翻动的红唇

更加灿若桃花
它身披华丽大衣
正在故乡横行

申林

诗歌冥想

在申林看来，诗歌就是一个让人着魔的精怪，或者是幻术。记不清是什么时候，仿佛没有任何原因。那天看到好友的诗集，看到那些跳动的台阶，她突然就心动了。是的，生活中的你墨守成规，循规蹈矩，为了生存你必须在别人为你圈定的圈子里兜兜转转，喜怒哀乐，像一台机器。而诗歌，就是可以随身携带的“金箍棒”，在你的狭小世界里随时变大、缩小，甚至成为自卫的工具。心中有诗意的人，会逐渐忘记焦躁，忘记名利，忘记倾轧，忘记黑暗，因为，诗意就是绿意，就是麦田，就是阳光，广博旷远，清澈澄明……

诗歌是另一种温暖。在煎煮的烟火缭绕中，恍然有所思、有所得，诗就是一块老姜，皱着皮，有辣劲，做菜前放进锅里煎热，能让整盘菜香气妖娆。可是，你又说不出她的味道到底浸透在哪里。放进水里煮热，拿来烫脚，她能升腾你全身的血液！温暖你所有的冰凉！

诗歌更是一种超凡脱俗的爱情。凡俗的爱情，总是不经意间转化为亲情。而亲情使爱情悄然蜕变为失落凡间的一个叹号。诗歌，便是爱情里忠贞不贰的“心疼”。爱情里，“心疼”两个字，最难！诗歌，是最“心疼”你心灵的那个人。她总是用最简短的格式，最心动的词语，最灵动的仙气，打通你麻木的神经，描摹前世今生的画境……大江健三郎说过，小说是“写给自己的一封亲密的信”，我觉得诗歌是自己写给自己的情书……

据说世上105岁的长寿者帕克生前有一个爱好———朗读诗歌。而申林坚信，诗歌是一剂青春药。因为，有诗，就有梦；有梦，就不会老。

申林诗歌精选

◎ 笔底柔软

我用柔软
写下
内心的踉跄
这些年
柔软这个词已经陌生
我更习惯用铁提防生活
或许　你如草的谦卑
让我想到故乡平原的辽阔
牵着我　鼓瑟而歌
轻盈的裙裾
把心底的黑和影子
都踩出来了

◎ 水墨联姻

水墨的王国
绕过人事纠纷
避开家庭俗争
另一种宗教和宿命浸染时光
婀娜为一缕青丝
抖落一地裙花
水里孕育着火

围着泥土的根　流过空山像久违的那个眼神
抑或身影

◎ 与纸倾谈

清风　翻过时光
墨香　沾满故乡的睫毛
风起云涌　雷鸣电闪
一眼望穿

每天的散步如此静好
与纸倾谈
不曾走过万水千山
魂梦却也追随

温远辉

生存及诗性的世界

温远辉，原籍广东省普宁市，生于海南岛。1985年毕业于华南师范大学中文系，2003年结业于鲁迅文学院二期高级研修班（主编班）。先后任职于华南师范大学、广东省作家协会、羊城报业传媒集团有限公司。现为中国诗歌学会常务理事，文学创作一级。曾任全国茅盾文学奖、鲁迅文学奖评委。曾获广东省鲁迅文学艺术奖（文学类）、广东省文学评论奖、《小说月报》百花奖责任编辑奖、广东省“五个一工程”优秀作品奖等奖项。出版诗评集《善良与忧伤》、评论集《身边的文学批评》、散文集《文字的灵光》、长篇报告文学《突破北纬十七度》（合作）、《冰点燃烧》（合作）、《感动》（合作）。选编《迷乱的星空》《如此固执地爱着》《珠江诗派》等诗文选集。

温远辉认为，第一，无论古今中外，愈是优秀的诗人，愈是语言表现得笨拙者，对他们丰富灵性的想象来说，语言多么的苍白无力。在平凡人那里，世界只有一个，就是五官能感受到的俗常世界，一个肉身享受的世界，而在哲学家、艺术家那里，世界是多极的，外在的世界可以幻化，可以不断组装拼接，构成不同理解认知的世界。在真正优秀的诗人那里，世界则是有灵性的，除了外在可视世界，更重要的是还有一个若隐若现，高邈、悠远、令人神往的世界，一个依赖于心灵而存在的世界，这个世界只能通过心灵去遥想和感知。心灵愈丰富的诗人，这个世界愈具有诱人神往迷醉的丰富性。第二，对诗人来说，这个世界可以简言称之为“诗性的世界”。正是面对这个世界，诗人才像古贤者所说的，可以“思接千载”“视通万里”“神游八极”。诗人终其一生，要倾诉的就是对“诗性世界”的渴念、神往和揣想，诗人为此进入迷狂状态，冥想和颂祷，努力用语言去勾勒出“诗性世界”的图景——一种心灵的图式。第三，生存以外无诗。不关注生存、不能直面存在世相的诗人是坐在空中楼阁里的臆想者，是只知书本经验的苍白面目的瞽者。真正的诗人不可能立身世外，不可能对存在的真实麻木不仁，更不会去遮蔽、伪饰真相。现代诗歌的意义就在于“去蔽”和“纠正”，它要求诗人能够“发现”诗意和“洞见”生存的本性，从而去蔽和纠正，还原世界的本相，揭示事物的本真，并将具象的感知转化成抽象的认知。转化的过程即是诗化的过程。第四，在温远辉的诗歌阅读经验里，有一个认识阈值：欣赏一首诗可以有许多理由，被一首诗深深感动，必是和生命、心灵、生存相关。我们常常希冀的是，通过诗歌，去见证生存，反证自身的命运。第五，在拒绝隐喻的口语诗时代，人们很容易无视诗中埋藏着的隐喻。但隐喻绝非一无是处，优秀的口语诗可以没有隐喻，但优秀的隐喻能够让口语诗更加优秀。其实，每个优秀的诗人心中都深埋着许多感受，表达出来的仅是极少的一部分。每个优秀的诗人的内心都有无数的隐喻，它荫庇着诗人心灵的隐秘，掩护诗人内心深处的疼痛。第五，“如入火聚，得清凉门”，这是著名的修行者须持的修行观。以此观来度量净界或者俗界，都是可以悟出其中三昧的。从某种意义上来说，人如果想致力于诗歌创作，又何尝不是一种修行？在当下，诗人的个性追求，独创性劳动愈来愈受到严峻挑战，诗人同样被当下的诸多焦虑，比如生命焦虑、生存焦虑、语言焦虑弄得声音愈发微弱起来。当代语言缺乏隐喻性和当代生活的必然投射，使现在的诗人处在一种尴尬的境地。生活迫使诗歌在表现内容上离神性愈来愈远，诗人却力图在意义的旨归上让诗歌趋近神性，它艰辛备尝的劳作过程，无异于一种修行。

温远辉诗歌精选

◎ 十八拍

为什么大海如此辽阔，辽阔得如同星空
那么深邃，把一切都收藏在其中
那是因为它的伤悲。
每一滴海水都是伤悲的泪水，都是无法挥动的手臂
无法彻底告别，只能无声地呜咽
将历史的铭记深深地埋葬在自己的怀中

为什么大海的伤悲这么深邃，让海水湛蓝得
像孩子的眼睛，又浓黑得好像乌云
那是因为它的宽容。
在风暴和雷电之后，在遥远的渔火熄灭以后
它依然孤寂地守望和等候，当卑微的灵魂沉睡时
所有的波涛都成为琴弦，缓缓弹奏着安魂曲

大海啊，你把一切收走了，你把一切铭记了
你的伤悲没有尽头吗？你的宽容能够通向永恒吗
海浪拍打着灯塔，礁盘和船舷，仿佛在洗刷和祷告
地平线的上方，霞光依然不屈不挠地挺立起来
像千万只手臂，像千万条金色的火线
要把悲伤的海水烧沸

写于盛夏台风夜

◎黑暗的河流

其实没有黑暗的河流
只要是河流，就不可能黑暗
即便溶洞里漆黑一团
来到阳光下，流淌的也必是清流
即便是暗河，冲出地层后
同样是阳光的颜色
即便是冬天，在冰层下暗无天日
只需要消融一点冰，河流就会
睁开明亮的眼睛

但是，河流真的不黑暗吗
那些被允许流动的河水能不黑暗吗
那些已经衰败的，裹挟太多垃圾的河流
能不黑暗吗
我们都知道，河流不黑暗
又怎么能够被允许
从人世间，流淌过去

2017年4月18日

◎《更路簿》：驶向祖先的花园

他们从洋浦出发，或者渔村码头
向南，向墨绿色海洋深处
在季候风到来的时候，去祖先

发现的家园——海水最绚烂，船艏最烫的地方
那里有斑斓的岛屿，更多的是环礁和台礁
那里有一座座的泄湖，下面是火山口或者珊瑚高原
他们把船舶在泄湖里，仿佛系舟于明湖
然后潜泅于礁盘，采摘，刈割，放网垂钓
一切就像在熟悉的园圃里耕作
他们只小心翼翼收取能够和他们一样
熬到下一个季风到来，能够忍受颠簸
一同归去的大海的馈赠：海参，海胆，贻贝
玲珑的珊瑚，发光的玳瑁和虎斑螺
还有经年的岁月，干涩的谣曲，还有风暴和月光

他们知道那里的海山地形，海槽的位置
水道海谷的走势。他们走相同的航道
走祖祖辈辈用无数生命和无数次历险换来的航线
他们一代一代相传着秘密的航海图
他们虔诚地唤它《更路簿》。里面的记载很乡土
过多少更时长的海路，要注意什么样的暗礁或旋流
他们知道每一步都必须谨慎，在遥远的海域，每一次
远航
都是千里走单骑，都是命运不可知的抛掷
但一代又一代人，从没有选择放弃。他们
恪守组训，奉行一年一次的收割
田地不能撂荒，海洋同样不能丢荒
再远的祖先播洒过生命的地方，不能遗失每个年份的
祭拜

不仅仅为了收获，更是为了
赓续血脉。延燃香火

这些远航者不是水手，只是渔民，只是前世的农民
他们被儒文化熏染，被乡土想象力制约
一路上，他们没有听见海妖的歌声，没有美人鱼的传说
没有欧律比亚的故事，也没有福耳库斯的愤怒

他们只严谨地纪录和订正，偶尔用乡土的口吻命名
鸭公岛、筐仔沙洲、扁担礁、瓜子礁……
当海浪排成墙涌过来，那里恰好
有长长的沙洲阻拦
他们就联想到了千里长沙、万里石塘……

他们质朴，黧黑，像沉默的苦力
他们像候鸟，年年去了又回来
《更路簿》就像明灯，照亮他们内心的航线
一代又一代，一年又一年
他们坚定地去，他们坚定地回
仿佛用千年的时光
在去的航线上应验两个字：祖先
在回来的航道上见证两个字：祖国

2018年6月24日

温咚荻

假设青春是一个场景

温咚荻，女，90后。诗歌处女作发表于《诗刊》，曾在《诗歌月刊》《西部》《青年作家》《羊城晚报》等报刊发表诗作。现居广州。

她认为诗歌和小说很像，都是述说着一个故事，而诗歌更偏爱书写自己的故事。小说是把故事丰满、具体，搭配上合适的场景，吸引人的语言，动情的细节；诗歌是把故事拆分、砸碎，让片段缺失、剥离，甚至混乱，时间和空间交错，情感和话语有所隐瞒；抽取一个故事里最有感触的，不管是一个场景，还是一个情节，是一份感情，抑或是一种情绪，将其肆意表达。

温咚荻诗歌精选

◎ 春天来了，我却要走了

“为什么你一个人坐着？”
你经过他身边
他正坐在窗户旁
树很绿，阳光明媚
春天来了

用刀切着摊鸡蛋，他抬起眼睛
“你也总是一个人坐着。”
你是一个安静的女孩，但是
他是个健谈的男生

你站在那里
不想离开
“O bba, O bba”
你想像那些韩国女孩那样叫他
他对你微笑，跟你聊天
和你开着玩笑
你笑啊笑啊
仍旧站在那里
不想离开

你们只是朋友，只是普通的朋友，只是单纯的朋友
你不断地不断地告诉自己
不断不断

春天来了
黄色的小雏菊，嫩绿的草地
恋人们分分合合
你却像个小说家
角色从你身边经过
只有你自己
未能遇到你喜欢的人
不相信爱情有一天会到来
直到中毒
你沉醉在他温柔的嗓音

看着他的眼睛
他浅蓝色的隐形眼镜
浅浅的鱼尾纹和微笑的眼睛
你求他教你蝶泳
真正的蝴蝶
却在你的心里煽动翅膀

他的黑色T恤衫
他的棕色头发
他健硕的肌肉

"O bba, O bba"
你想像那些韩国女孩那样叫他
只是想，只是单纯地想

春天来了，
蒲公英在风中吹散

◎ 浅蓝色小船

浅蓝色小船漂浮在黑色的夜空中
鲜亮的橙色气球落入湖水的胸膛
一点一点，小船带着气球消失在视线之外
一点一点，气球勾住了我衬衫上美丽的胸针

浅蓝色小船漂浮在黑色的夜空中
鲜亮的橙色气球落入我的怀中
一点一点，小船牵着气球离开了视线
气球排成一条线消失了
百合花却绚烂地绽放在阳光下

◎ 路口

站在十字路口
我看着车辆经过
站在十字路口
你突然离开了我的视线

站在十字路口
我挥手告别
站在十字路口
一个陌生人擦肩而过
站在十字路口
我看着天空跨过界线

吴作歆

诗歌的良心

吴作歆，广东潮州人，现居广州。全国优秀教师，中文高级讲师，广东省作家协会会员，广州市青年作家协会副主席兼诗歌创作委员会主任，广州《羿诗刊》同仁刊物成员，国际华文微诗群编辑部主任。作品散见于《诗刊》《星星》诗刊、《诗选刊》《诗林》《作品》《北京文学》《南方日报》《休斯敦诗苑》（美国）等刊物，曾获全国财政系统及全省教育系统征文一等奖等，作品入选《中国诗选》《70后诗人诗选》《广东青年作家诗歌精选》等书，公开出版有诗集《光体及其投影》《低处》等。

吴作歆自大学时代开始发表作品，求学期间曾获中山大学主办的"广东高校诗歌大赛"二等奖，从此走上写作道路。迄今20多年，他的诗歌创作一直坚守有"良心和语言伦理"的写作，早在2003年12月，其在《星星》诗刊上发表的诗学理论《诗歌的良心与语言伦理》中就这样阐述："'良心'是所有写作者最初的道德诉求和最后的道德底线……强调诗歌的良心和语言伦理，就是要在不断刷新和超越的动态背景中，凸现所有一以贯之的要素，使诗歌不至于沦为'政治宣泄''知识宣泄''肉体宣泄'的工具。" 在新诗集《低处》（长江文艺出版社，2017年）的自序中，吴作歆说："诗歌是从低处跃起的灵魂舞步，它在皱褶和粗糙的生活中追索着最本真、最原始的生命体验，……它用'说出'的允诺和隐喻式叙写的姿态，蛊惑着不甘沉沦、不甘下坠的心灵向它的根部（即低处）无限靠近，以求得人和生存境遇的有限和解。"

广东文学院专业作家黄金明认为："（吴作歆的）诗艺有一种返璞归真的从容和自信——人间的'明亮'，从'低处'如莲花般升起，天地间的奥秘由此打开。"著名诗人、评论家熊国华教授说："（吴作歆的诗歌）擅长把真实与想象、过去和未来，乡村和城市、东方和西方的诗歌意象、生活情景、时空碎片等，有机整合到他的自由抒情或深度叙事结构之中，创造出一个既坚实丰厚又灵动洒脱的审美艺术空间，初步展现出融会中西的美学取向，以及自然潇洒、深邃峻峭的个人风格。"

吴作歆诗歌精选

◎ 油菜花的秘密

整片的油菜花开在春天的入口
像神允诺的一整片幸福
你低头摆弄衣襟
摆弄着一整片的不安和局促
稍纵即逝的时间开满田野
我们感觉到惬意、温馨
好像好日子一直在身边
如果再放上一段德彪西
生活就近乎完美了
你俯向油菜花的前额
把时光推迟了这么多年
此刻，我接受了泥土、种子
和病虫害，接受了油菜花
始于盛开的腐烂
此刻，在上升的光线中
我看到一块岩石的沉默
被整片的油菜花所覆盖

◎ 明亮

早晨明亮
光线是一张敞开的网

晨曦从群山的静默中醒来
屋檐背后的喜悦照亮一天的劳作
这是大地内部的明亮
像一把刀纯粹、咄咄逼人
疯狂的思想无孔不入

细节明亮
最黑的黑暗来自心脏内部
我的平静是积雪下的青春
炉膛明亮，柴火点燃时间的味道
我放入了八角、茴香和陈皮
让生活充满香气
肌肤之下血管的流向
总在梦想中面临深渊

生命明亮，坚硬的成长抵御着梦魇
焚烧后的麦秸在田野上随处堆积
麦田明亮，种子在收割后的空虚中醒来
这是生命内部的明亮
悄无声息，像初次见面的情侣般羞涩
而风暴正在静默的胚芽中生成。

◎ 砍柴

他在砍柴，黄昏的光线在脚下跳跃
像金色的鲤鱼游动在水草边

斧头举起，木屑纷飞
时间一瓣一瓣飘落地上
乡村小道在砍伐声中清澈起来
汗珠裹挟着岁月风尘在眉宇凝结
这是一个维持多年的姿势
伴随着时好时坏的类风湿性关节炎
他今年82岁，无儿无女，孤独一身
在满天星辰即将降临之前
他一直在砍伐，从未停止
直至自己成为深渊的一部分
空洞的声音从地壳反弹回来
坚硬得让人耳膜发疼
他早早地耳聋了，听不到外面世界的嘈杂
在一片无声的虚空中，砍伐，砍伐……
他面容清瘦、头发斑白、精神抖擞
仿佛武侠小说中骨骼精奇的高手
他在砍伐，默默回应着命运拙劣的安排
劈开的木头散发出大自然的清香
他82岁了，一辈子不打针不吃药不做梦
每周仍然能到县城一趟
在僻静的小旅馆里
花50块钱换来片刻的温存。

吴述朝

事实写作，在返璞与生活之间收获诗意

吴述朝，祖籍贵州黔东南州，定居广州16年，做过报社记者，曾闯荡香港和中东数年，20年前开始写诗，早年有诗歌和文学作品发表，中间搁笔10年之久。

1998年，他涉足诗坛，大学时期办过刊物《云帆》，是青葱时代诗歌和文学的探索者和实践者。2001年大学毕业时，来到广州开启艰苦的闯荡生涯。2001年至2005年，在报社做记者，结识全国记者协会驻广东的朋友，闯荡香港，在《文汇报》朋友的帮助下，创办《华人风采》杂志，经营失败后，跳槽地产行业，开疆拓土，曾闯荡中东两年。10年的专业锤打，迅速成长为华南知名的商业地产精英和资深操盘手。

他的生活经历和见识的丰富性和广阔性，造就了他诗歌的跨度多元，广度丰满而又极具个性，成为他“昨天”和“今天”的两种不同的诗歌风貌。

他的“今天”创作的这部分诗歌，应该说是他在数年“漂泊”后沉淀下来的具有强烈的当代意识的作品，商场上的拼杀与成就，旺盛的生命力，呈现出非常鲜活、柔韧的写作特点。

他的“昨天”的作品，多为偶然创作，以乡村叙事、追忆生活为主，应该说这些诗写得相当的感人，尤其是《外婆·母亲·清水江》一诗，他言说中的母亲河清水江，植入了他情感上的一种强烈的地理印记，言情至他的外祖母和母亲，表达他对她们的热爱和感恩的诗心。

吴述朝有一颗真挚的诗心，外面的舞台再大，他依然回归到诗歌写作上来。他辽阔的视野、语言的机智、诗歌的跳跃性，以及他对待诗歌的真诚态度，让他的诗歌具备了完成优秀诗歌文本的实力。

吴述朝诗歌精选

◎有一种发声，叫诗

——记广东新诗百年展

昨天不适合发声
也不适合声音偏离太远
老刀，黄礼孩，世宾，老典……
都是这个时代谨慎的部分
在广州大道中289大院内的市民空间
只谈传承，和继往开来
只谈文本，语境
口语化，非口语化，也被谈了
还吵了几句。干脆喝酒
越喝越朦胧，越喝越浪漫
越喝越向上勃起，或向下空虚
接近脑残，垃圾，或肉体的部分
比如下半身

下一个百年，我是活不到了
这是我的第一次
也是最后一次
但这不使我感到悲伤
人死了，最好的结果就是
什么都不带走，什么也不留下

我庆幸我的诗歌，只入选五首

我只是混迹其中
他们无法将我分门别类
诗嘛，写的时候起劲
写出来了，也就不看了
还是喝酒爽，喝醉了
什么都是自己的
美人是，高楼是，日月星辰都是
连广州，连整个世界都是

◎ 我仿佛看到一只鱼的衰老

他把瓦片一片一片码上屋顶
像一只鱼给自己穿衣
鱼游离在山水
它要穿过这一世的月光
鱼的一生很慢
不知有多少花瓣它可以穿戴
不知有多少布匹，草木
它可以裁剪
不知有多少场冰
它可以等待
有多少的江湖海，多少的水域
它还可以行走
鱼的一生我无从推算
而今晚，一个大雪弥漫的时刻
我仿佛看到一只鱼的预先衰老
它的脊背
比腹部，还要惨白

吴小英

听火车铿锵的吟唱

吴小英，祖籍四川，广州客运段列车员，中国铁路作家协会会员，广东省青工作家协会会员，广州铁路作家协会会员，五月诗社会员。著有诗集《绿皮火车，我的香格里拉》，作品多次获奖，在《读者》《泰国中华日报》《韶关日报》《广州文艺》《人民铁道》报等发表作品2000余篇。

我读吴小英的诗歌，是从《3111次，开往春天的临客》和《火车在英德，那一夜》这两首诗开始的。这样的诗歌标题本身就是一种诗意的存在，也是诗歌性质的命名。“绿皮火车的每一个窗口，是否有故事。”记得我问过吴小英，她为绿皮火车写了多少首诗歌。“大概超过2000首了吧。”记得这是她当时的回答。这是一个离不开火车的乘务女子，“这漫长的工休，离开火车的23个夜晚/我时时在想着我的家。”火车之于女性，之于像她那样工龄超过20年的女列车员，意味着什么呢?同样意味着家国大爱，意味着诗歌的热情和源泉。在她的诗歌里，季节或许不是以春夏秋冬这样的方式来划分的，而是以暑运、春运这样的时间节点来“调图、运营”的。火车就是她诗歌的家国和季节。这是来自我们铁路一线最鲜活的铁路诗，这样的诗歌当然是洋溢着主旋律和正能量的。20多年来，吴小英在干好列车乘务工作之余，以对铁路事业和列车员岗位浓浓的爱，创作出大量讴歌铁路事业发展、咏赞一线铁路职工的激情诗篇。在某种意义上来说，吴小英的诗歌也是我们每一个铁路人的诗歌档案。“点亮一盏心灯”，诗歌，就是这样的一列——是这样的首列“开往春天的临客”。

2018年春运，吴小英作为铁路作家、诗人的代表在火车上进行“作家春运体验”活动，而在春运首日，《汽笛》文学副刊也特别刊发了她的新作《春运手记》。作为我们铁路培养的列车员诗人，她的劳动脉搏、她的诗歌脉搏是和我们广大铁路职工，和我们的新时代，和我们的火车、高铁融为一体的。她的诗歌写的就是铁路的心声，劳动者的心声。（文/王京生，节选，原载于铁道网）

吴小英诗歌精选

◎ 绿皮火车

绿皮火车，褪了色的绿里
都是我青春的颜色
那时候我们的制服是白的

坐车多数是沿线通勤的职工家属
坐车旅客挑的蔬菜是绿的

我们通勤慢车
没餐车，没空调，没电茶炉
夏天，风扇嘎嘎地转
车厢像蒸笼却很热闹
冬天四处漏风
洗脸间的窗台下，还长蘑菇

每趟车出乘
自带米和铝皮饭盒在车上蒸饭
认不认识的都相互尝自家的瓜果
每次搞卫生
大叔大婶都抢着帮忙扫地
等你出去查完票回来
车厢被谁扫干净都不知道
最短区间的票只售一块五
坐在一个车厢都是回家的人

车灯过隧道才亮
那时候的绿皮车
好像没有远方
人们常常说起火车
脑海都是熟悉的绿

◎ 我的老伙计

我这把火车钥匙
已陪伴我走南闯北
这么多年
去过多少地方
我们都没有好好谈谈
沉默是我们之间的语言
我们的声音和体温
都一直在铁轨上

今天阳光特好
我的老伙计，我的手
把你的冰凉握暖
亦磨得豁亮
为多少旅客
打开相逢的门
又关闭多少离别的门

我的老伙计，我们在车厢

雨中的汽笛，熟睡的旅客
以忧伤的姿势安静下来
铿锵的车轮，仿佛说
前方有一场雪正等着

老伙计
假如哪天我漂泊

你会给我开启一道门吗
温暖的车厢
寂寞的小站
风中的信号灯
这一切都是你陪伴我的理由
还有日夜不停的
重庆北开往广州的775次列车

吴荣强

新诗百年随想

吴荣强，广东湛江人，初中学历，高级厨师。2016年写作，2017年开个人诗歌研讨会，并提出自己的诗学主张：诗，应抵达生活现场。作品入选《诗潮》《岭南音乐》《风流一代》《新世纪诗典》《2016佛山小小说选本》《2016自便诗年选》《客家诗人年鉴·2017卷》《中国先锋诗歌年鉴·2017卷》《中国百年诗人新诗精选》《华夏微型诗·2018年卷》等刊物及选本。代表作有小令体长诗《左手杀鱼，右手写诗》。

诗观：写诗，是一个很私人化的行为。它可以把我生活当中的喜怒哀乐，一字不漏地传递给读者。

诗人沈浩波在某篇百年新诗访谈当中，列出了几个时期的领军诗人。

第一代，纪弦

第二代，北岛

第三代，韩东

第四代，伊沙

第五代，沈浩波

这样的列法，吴荣强相信，肯定有诗人自己的理由。他不支持也不反对。他只谈谈他对这几位诗人的简单认识。

纪弦，台湾人，作品没读过。

北岛，他的那首《回答》，比较有印象。

韩东，读过他的一些诗，知道“诗到语言为止”的诗学主张是他提出的。

伊沙，可以说是文学偶像，他的“口语诗论”及口语诗，为最爱。

沈浩波，他说自己有机会且正努力成为第五代的重要诗人，那么，吴荣强把他列为第五代领军诗人，但愿他能够如愿。

一百年的时间，可以改变很多东西，也不知道，一百年之后，后人是否也持同样的看法。目前来讲，有潜力的年轻诗人太多了，竞争比较大，就看谁的先锋性超前。所以说，当下的每一位诗人，都有机会成为大诗人。好好写就是了，其他无聊的事，交给百年后的文学史家来定。

吴荣强诗歌精选

◎ 写诗养不活自己

有一家诗歌刊物
它的稿费
是按行来算的
一行十五元
我每次投稿
都故意
把完整的一首诗
拆成很多行
甚至
一个字
也算作一行
反正
这年头
写诗养不活自己
能骗多少稿费
算多少

◎ 她问

十年过去了
你还有什么放不下

是啊，如果她不问
我都不知道

我一直单着
已经有十年时间了

这期间，好多人
在我生命里来了又出走了

却没有一个人
还给我初恋

王万然

诗的火焰

王万然，笔名海魂、然也、王也。汕尾日报社社长，广东省作家协会理事，汕尾市作家协会主席，《海陆丰》文学杂志主编。

曾先后在《作品》《广东教育》《南方日报》《南方都市报》《羊城晚报》《广州日报》《诗词》《南方周末》《诗刊》《洛杉矶中华诗会丛刊》《香港文汇报》《北京青年报》《人民日报》《工人日报》《光明日报》《人民文学》等300多家地市级以上及境外报刊发表作品，入选《中华诗词总汇·当代卷》《广东省作家协会五十年文选》《2009文史精华年选》《2009中国杂文年选》等。

曾获广东省新闻奖特别奖、中国地市报新闻奖杂文一等奖、《羊城晚报》“彩信杯”全国杂文大奖赛优秀奖等，被南方网评为优秀原创写手。2005年7月，广东省作家协会举办了“王万然杂文集《海陆物语》研讨会”。

出版：诗歌集4部，杂文随笔集3部；合集十几部。

王万然自幼喜欢诗歌，也尝试诗歌创作。1984年参加工作后，除了几首变成铅字的诗歌保留下来，其余均付诸一炬，一切从头开始。在惠州，结识了黄志忠、罗卓伟等青年诗人，以惠阳地区文联《东江涛》、惠州市文化馆《芳华》及惠州地区青年之家自办民刊《点缀》为主阵地，创作、发表不少诗歌作品。

1988年春，汕尾建市，服从组织安排到汕尾工作，组建了汕尾市文艺学会，担任副会长及《红海潮》副主编。在《作品》《岭南文坛》发表诗歌。与黄志忠、罗卓伟出版三人诗歌集《三棱镜——七彩人生》。出版诗集《海之魂》。1993年加入广东省作家协会。

诗歌创作从不断绝，同时也坚持文学评论、杂文、随笔、网络小说创作。2015年组织“文化之旅”后，散文创作也达到高峰期。

王万然诗歌精选

◎ 收割灵魂和赞歌

镰刀甫一出世，注定
阳光长满利齿
梳理云丛，天马行空
乌鸦的翅膀哀鸣阵阵
千年荆棘溃败
高粱如火，稻谷沉醉
小麦骑着风的
速度飞奔，挥舞镰刀
书写一秋金黄。白帆
不敢寂寞，洒下一路晨曦
满仓夕照。镰刀
在我的生命中奔流
让我收割灵魂和赞歌

驾驭镰刀，红船
萌动，南湖掀起阵阵麦浪
虽然乌云密布，雷雨交加
镰刀亲吻大地的光芒
在井冈山的丹炉里磨炼
铁锤声声扇起星火
阳光燎原，编织
红旗，气吞山河

令腐败的沼泽长满青草
丰收在铁牛的背上叮当
作响。牧歌从镰刀的嘴里
蓬勃在清澈的延河
把大海染得如此激越
镰刀不怕火，镰刀火不怕
在火与水的洗礼中
澎湃一条条流水线
让血液大地汹涌
灿烂灵魂的星空

◎ 诗的火焰

诗歌点燃桃花源的
笑声，篝火抑扬顿挫
月亮掰开柳梢的面纱
委婉，含蓄，就像还没
出阁的小姑娘，梳一道
只有眼睛能够进出
的门缝，偷偷地看热闹
透过白云与黑云的疏忽
几颗小星星的利器
刺痛诗歌的魂魄，汨罗江
在凤河的潮水上，书写
忽明忽暗的鼾声

青草喝了点酒，泥土从赤脚
沿着血管而上，舞蹈
开在鲜花的黑夜里
桃花早已被三月催开
也已经落在婚纱的甜蜜中
五月，屈原偷渡而来
满树桃子羞答答地，挑着
一担夜雨，蛙鸣也学会了
吟咏。木屋把茶香笼罩
牵牛牵着竹子，放牧竹排
诗歌顺流而下，一路
弹奏，钢琴潮涨潮落
急水门打开汹涌的心跳
把大海送上夜空
去砍伐普罗米修斯的火种
喂养龙舟水的精血

王小妮与徐敬亚在家中合影

王小妮

为写诗而预先定制的一个灵魂毛坯

王小妮，吉林长春人。毕业于吉林大学，毕业后做电影文学编辑。1985年定居深圳，现居家写作。作品除诗歌外，涉及小说、散文、随笔等。2000年秋参加在东京举行的“世界诗人节”。2001年夏受德国幽堡基金会邀请赴德讲学。曾获“中国2002年度诗歌奖”、美国安高诗歌奖。2004年获得第二届“华语文学传媒大奖”年度诗人奖。

1988年1月至8月，王小妮写出了她80年代最优秀的一部油印诗集《我的悠悠世界》。这一年她33岁。我至今不明白。那时，我断断续续地往返南北，她一个人守着南方的家，心情并不好。那一年，她却写出了最飘逸的诗！仅仅是她的诗歌题目，已足以让人热爱。那些题目本身几乎说出了我想说的全部人文内容——第一辑：《不要把你所想的告诉别人》《不要帮我，让我自己乱》《我看不见我自己的光》《你绿了以后，我就什么也不想写了》……第二辑：《半个我正在疼痛》《这样想，然后那样想》《紧闭家门》《晴朗的下午怎样过》《通过写字告别世界》《不反驳的人》……第三辑：《二十六日不送朋友去印第安纳》《不认识的人就不想再认识了》……

在我把一个女人几乎推崇为一个圣徒的时候，王小妮，恰恰正深深地陷落在一个她全心热爱着的家庭之中。热爱，是一种由不尽琐事组成的温暖泥淖。她，是这个家庭24小时的钟点工。一个全天候的母亲。一位全日制的妻子。她像一位上帝派来的一流的保姆，兢兢业业地看守着无数个电、水、气的开关，管理着五六个不容窥视的房门。一日三餐，她和顺地从她的天空之梯上按时走下来，在菜市场、洗衣机和煤气炉之间，她带着溶化了的由衷母性，为她的丈夫与儿子烧煮另一种温暖的作品。在这一切之后，她才是一个世界上“全职”的诗人。每天早晨，她准时地，像朝着虚空招手一样，从那只我订制的大信箱里，取出仿佛来自天外的一沓沓报纸、杂志。黄昏时，她一边暗念着她心中那些美丽的祈祷，一边用缓慢的步伐，去菜市场用纸币换回绿色的植物与动物的肉块。一张皱巴巴的纸，被王小妮贴上厨房的墙壁。在炒锅的油烟中，她能飞快地抢救出那一闪而过的句子……她甚至在黑暗中用左手摸写，以至于把那黑暗中的蝌蚪写上了床单……

在中国诗歌，乃至中国文学，乃至中国社会最重要的一个转型期，王小妮并没有发表长篇宏论，而只是用她软软的诗歌的方式，隆重地说出了一个重大的抉择：《重新做一个诗人》！在这首著名的组诗中，王小妮写道：“关紧四壁/世界在两小片玻璃之间自燃/我预知四周最微小的风吹草动/不用眼睛/ 不用手/ 不用耳朵/每天只写几个字/像刀/划开橘子细密喷涌的汁水/让一层层蓝光/进入从未描述的世界//没人看见我/一缕缕细密如丝的光/我在这城里/无声地做着一个诗人。”

（文/徐敬亚）

王小妮诗歌精选

◎ 月光白得很

月亮在深夜照出了一切的骨头

我呼进了青白的气息
人间的琐碎皮毛
变成下坠的萤火虫
城市是一具死去的骨架

没有哪个生命
配得上这样纯的夜色
打开窗帘
天地正在眼前交接白银
月光使我忘记我是一个人

生命的最后一幕
在一片素色里静静地彩排
月光来到地板上
我的两只脚已经预先白了

◎ 去上课的路上

月亮在那么细的同时，又那么亮
它是怎么做到的
一路走一路想
直到教学楼里电铃响
83个人正等我说话
可是，开口一下子变得艰难
能说话的我去了哪儿
也许缺一块惊堂木
举手试了几次，手心空空

忽然它就出现了
细细的带着锋利的弧度
冰凉的一条。
今晚就从这彻骨的凉说起

◎ 头上戴一棵草的人

那人已经忘了头上戴了根草
坐在傍晚的路边，
他在为某件事情发愁

月亮出来，照着那片峭立的草原
只有一根绿塑料的苍茫。

邬志坚

一杯未尽诗已成

邬志坚，笔名微啸。高级政工师。毕业于华南师范大学政治系，广东省委党校在职研究生学历。曾经从事过农村基层、宣传教育、机关部门工作。

先后加入广州市作家协会，广州市评论家协会，广东省作家协会，广东省传记学会等文学团体。系番禺区作家协会理事，南沙区作家协会副主席，中外散文诗学会广东分会主席团委员，省文化学会副会长。出版个人专著6部。

邬志坚的《岁月留醇》共有152首诗词，全部是关于酒的，酒趣、酒话、酒人、酒诗、酒牌等等。志坚认为："当今社会，世人对酒与饮酒大都有些偏见，不少人拒酒、恶酒，一提到酒就反感。他们把酒比作毒蛇猛兽，把饮酒行为说得一塌糊涂，这是很不公平的。"基于此，《岁月留醇》中的诗词，将酒的文化历史，酒的社会价值，全部展现其中，体现出志坚这位诗人的独特性情与独特观照。

志坚或也有"一杯未尽诗已成，涌诗向天天亦惊"的感觉，乐在酒中，得在酒中。喜酒却不是嗜酒，赏酒却不是醉酒，"小斟慢酌防酩酊，怡情有度保安康"。是在酒中品出乐趣，品出自在，品出友情，品出诗意，这种喜，便是进入了一种高的层次。正是志坚明白"大力推崇酒文化的积极意义，是以适度节制、量力而行作为大前提的"。

志坚云游四方，以酒会友，走到哪里都不缺朋友，不缺诗，"萍水相逢意交流，斟酌一时成故友"。所以他既会了朋友，喝了酒，又有了诗，真显出万般洒脱。他写祈福酒，交杯酒，祭奠酒，和头酒，他研究茅台、剑南、泸州、古井、杜康，天下名酒他写了30多种。人头马、轩尼诗、伏特加、马爹利、威士忌等海外名酒，也纷纷入诗，真可谓有心有情。

酒放久了，会越发有一股醇香，这部融合着酒的诗，但愿也如书名，会于岁月的行走中，溢放出它美好的芳香来。（文/王剑冰）

邬志坚诗歌精选

◎ 故乡小路的情怀

故乡的小路长又长，
那是我孩提学步必经的地方。
那里有我幼稚的童话，
那里有我灿烂的时光。
放风筝，骑竹马；
打玻子，捉迷藏……
一路儿戏一路玩，
天真无邪撒满小路上。

故乡的小路长又长，
那是我拜师求学必经的地方。
那里有我朦胧的憧憬，
那里有我美好的愿望。
车大炮，开飞机；
当战士，做军长……
一路书声一路歌，
放飞的梦想铺满小路上。

故乡的小路长又长，
那是我回乡务农必经的地方。
万顷沙田有我战天斗地的足迹，
春夏秋冬有我艰苦创业的辉煌。

经风雨，见世面；
炼红心，育栋梁……
一路泥泞一脚湴，
辛勤的汗水洒满小路上。

走在故乡的小路上，
令回归赤子心潮澎湃、豪情激荡！
每个脚印都深藏美好的回忆，
每段历程都蕴含执着的向往。
服役探亲躬耕乐，
大学暑期趁农忙；
公务偷闲归故里，
“三农”调研会老乡……
步步情怀段段爱，
动人故事写满小路上。

西篱

西篱的诗，皆为梦歌

西篱，原名周西篱，贵州大学中文系毕业，现供职于广东省作家协会。中国作家协会会员，中国传记文学学会理事，广东省作家协会主席团成员，广东省网络作家协会副主席，《网络文学评论》主编。

已出版长篇小说《东方极限主义或皮鞋尖尖》《雪袍子》《昼的紫　夜的白》等；出版散文随笔集《造梦女人》《与人同居的猫》《迷惘的女性》等；出版诗集《谁在窗外》《西篱香》《西篱短诗选》等；发表电影剧本《苹果园》《我不是坏小孩》等。

西篱的诗曾对中国诗坛产生过重要影响，并多次获全国诗歌大奖，分别获：首届金筑文艺奖、第四届中国传记文学优秀作品奖等。

她说："诗之于人，或如衣服之于人，大众之中，总难免有雷同。诗之于我，如梦之于我，所以我们的声音不一样、故事不一样，季节不一样，时辰不一样……"北京语言文化大学阎纯德教授"断言"："西篱的诗，其实皆为梦歌。"对西篱而言，文学无非是两种内容：故事和情绪（感情）。诗歌统领了她的生命，情绪涂抹了它的色彩。诗歌一定是灵魂的秘密，所以诗歌中的故事，也是精神性的，体现了精神上的遭遇和内心演变的历程。在文学趣味方面，她是追求唯美的。但她诗歌的气质是忧伤的，过去是，现在仍是。

西篱诗歌精选

◎光

白羽毛的鸟
从向西的窗　涌进
悄悄　莅临人群

在地板涂银
在白墙描金
在一杯水里
漾出钻石的欢欣

有人絮语　有人聆听
记忆的微笑
灵魂的眼神……

片刻　又片刻
片刻之后
鸟儿听见　远方的呼唤
鸟群忙碌　正把黑夜
从大海　煽动到山顶
它收束尾翼　原路退回
带走钻石、金和银
头颅优美地扭转　眨眨眼睛
我心领神会

我也一样　来过
将很快离开
光一样轻盈……

◎黄昏

车啊，切开暮色
这诱人的点心
山与山之巅
一朵巨型的花
慢慢收拢它
蓝色的花瓣
我们这些乘车的人
正缓缓地摇动
它弧型的长茎

枕着包袱或发辫
有人睡了
——乡间女郎
她小麦色的脸庞
溢出芳香……

◎ 矢车菊

命定的日子
矢车菊的歌声飘渺缭绕
我们踏水而来
栖于陌生的河岸

一湖水的蓝
蓝不过
一枚纤弱的花瓣
这样的乡愁
早在我前世的归途
流连忘返

风也吹凉了
孩子们的指尖
矢车菊
我们今生的劳碌
是为了再次得到
你宁静的一瞥

谢剑飞

不要站在十字的中间

谢剑飞，作家、诗人。中国诗歌学会会员，中国散文诗研究会会员，广东省作家协会会员。20世纪70年代开始文学创作。

谢剑飞认为诗歌创作，不是匍匐在现实土壤上的呻吟，它需要异想天开，需要超越。那种对生命价值的质疑，对生命意义的探索和叩问，在灵魂里奔跑的自由元素，它是文学的哲学的宗教的社会学思想的一种集合。他还认为，现代诗的创作，不是在寻找一种平衡，它应该是一种充满了个性化的创意，是在不断的寻找与突破中来确立自己的价值。流派是一个正常现象，因为现代诗的创作，给了我们一个广阔的空间。现代诗有一双轻盈而灵动的翅膀，任你去展翅高飞。它在飞翔中划出一道道美丽的弧线，它的创意是无穷无尽的，流派就是这种飞翔中的弧线。流派的本质是创新。诗人不必囿于过去的美学原则，他们可以去拓展新的诗歌美学，在探索与追求的路上，耕耘出自己喜欢的那片田园。

不断创新，是诗人的一种使命。超越梦想，是诗人的一种追求。诗歌的发展需要涅槃，如同我们如今所处在这个科学技术突飞猛进迅速发展的伟大时代，新时代的到来将不可避免地改变人类的思维，人类的情感，以及人类自身的结构。诗人不应成为落伍者，而跟在潮流的后面跑。

在现实主义与超现实主义之间，它们不应该存在明显的敌意，它们应该是相互包容，相互转化的。诗歌的生命力绝对不是现实主义的机械诠释，而是超现实主义的更高追求。在诗歌创作中不应该有中心，即便有，它也不是一成不变的。而是一种链接式的传递，是诗人创作中的一种阶段性思考。

谢剑飞说，不要站在十字的中间，不要在各种困惑的挤压下而失去飞翔的翅膀。

谢剑飞诗歌精选

◎ 山外山

一些朽木
折断成思想
它们以优美的舞步

挣脱身体的污垢
重新拾起生命的花朵
灵魂在飞
挣扎着渐渐远去
从此不再折返

◎ 门徒

都在说话
说滔滔不绝的话
口才极好，都是原创
居然没有鹦鹉学舌的
只是说着说着
就把一只鸽子说成了鹰

只有他坐在那儿打盹
他是我的门徒

◎ 碎片

时间分秒不差
把笔直走成了一张弓
氮氧分子的结构
脸在不停地变，岩石熔化
一切都神秘在坐标系里
哲学只剩下两点一线

宇宙任由无数碎片漂泊
将故乡这个词汇轻轻抹去
随意将它们链接成永恒
太阳不过是一个微不足道的橙色碎片
只是看日出的人们没有散去
他们还在海岸眺望

光明和黑暗
在生命的窗口呼吸
雷鸣电闪，黄昏黎明
当黑暗再度走进
所有原罪都会被释放
只剩下零乱的碎片，在
宇宙中散去

谢方生

一个诗歌的追梦者

谢方生，广东仁化人。父母是文盲，家里没有一本藏书。

他对诗歌的兴趣始于中学时代。高一时，新来的语文老师陈兴武在课堂上讲毛泽东诗词《沁园春·长沙》《沁园春·雪》《七律·长征》，声情并茂、绘声绘色的生动语言，把他带进了诗歌的美妙意境。他从此与诗结缘，开始练习写诗。高中毕业后部分习作被推荐到《丹霞文艺》发表，有几首还被《韶关日报》采用。1974年进入华南师范大学中文系深造。校园浓厚的文学氛围，使他的“诗恋” 迅速升级，几近乎狂热痴迷的程度，读诗抄诗写诗，成了他大学生活最重要的内容。

后来诗坛兴起“ 现代主义”“ 魔幻主义”等，他潜心研读。结果不仅没有学会人家的诗艺，还把自己有特色的东西丢了。他彷徨、迷惘、苦闷，感到自己江郎才尽，不是写诗的材料，选择急流勇退，把所收藏的诗集和相关理论资料当废纸卖掉，与诗歌“ 拜拜” 。

1993年开始，他在工作中埋头写公文，没有读过一本诗集，也没写过一行诗。2009年春节后的一晚，他在散步时回顾自己的人生道路，想起远在地球那一边读研的女儿，觉得有必要对她进行人生价值观的再教育。女儿个性强，对生硬的说教听不进去。以什么形式和方法施教呢？想来想去觉得用诗歌为宜。随即模仿莎士比亚的“ 十四行诗” ，润物无声地对女儿进行观念渗透。这是他“写诗再出发” 的起因。在读诗写诗的实践中，他逐渐形成了自己的诗歌价值观：忠于生活，诗味为尊，说真话，抒真情。

他爱诗歌，敬畏诗歌。始终认为诗歌是语言艺术的最高表现形式，是人类交流思想感情、传递信息的高级载体。

诗歌，谢方生心中的美人。他在《诗恋》中写道：“亦非公主亦非仙，石榴裙下我痴癫。四十余年相思苦，若即若离结孽缘。藕断未断丝联结，恩怨难了情种燃。海誓山盟黄昏恋，一样缠绵一样甜。” 这就是他与诗歌断断续续的“恋情关系” ！

谢方生诗歌精选

◎山鹰

这是你吗？大山的骄子！
再也发不出惊天长唳，
肥胖的身子毛色油亮，
显示着你活得安逸。
钢铁般严密冷酷的体制，
重塑了你的形象，
眸子里流荡着温顺怯懦，
闪电的迅猛锐利，
老虎的孤傲凶悍，
哲人的宁静沉思，
早被你当垃圾扬弃，
风度儒雅，不见了草莽气息！
为了一间小小的笼室，
为了两顿可口的肉食，
你跟着驯鹰者走了
远离了峭崖上的家园，
放弃了翱翔长空
和思想的自由独立。
以他人的肩膀手掌为舞台，
上演抓捕野兔的大戏，
不断地盘旋，寻找战机，
反复地俯冲，连续出击，

换取口粮、掌声和廉价的赞誉！

◎写给一位按摩师

一

你有力的纤纤素手，
推开粤北的隆冬，
牵来习习春风。
灯光下，我是一架古老的钢琴，
你轻轻抹去岁月的灰尘。
随着你玉指的起伏跳跃，
我重新获得生命的自信与坚挺，
又发出气势磅礴的歌声！

二

你是塞上江南的杨柳，
带着阳春三月的温柔，
你用老祖宗养生的韵律节奏，
融化我头上的点点寒秋，
青春的冲动苏醒，
似地底的岩浆奔流。
真想把你长留身边，
像读唐诗宋词元曲，
把你读懂读透，
可你属于自由属于社会，
我不能自私地把你占有！

谢胜捷

等你在尘世，岁月情深

谢胜捷，徐闻作家协会副主席，徐闻乡土文化研究会副会长。退役军人，国家公务员，业余写诗。出版诗集《等你在尘世》、文集《岁月留痕》等。

作为诗人的谢胜捷有一颗赤子之心，爱这片红土地，以深沉的爱来赞美家乡。“角尾——这个极南福地/远古的船号/响落在大海的彼岸/小镇上击穿夜幕的渔歌/就在今晚/把我童年憧憬的梦/唤醒”（《夜访角尾》），角尾这片海，回响的是远古的船号，渔歌飞扬，激发起童年的梦想，怎能不让人热爱呢？“许家寮 深巷柔柔 古韵幽幽/她将敞开大门/向你诉说/那个不再遥远的动人故事”（《许家寮，一颗散落在海岸的珍珠》），许家寮，散发出的是悠悠古韵，诗人用饱满的情感描述了徐闻这块红土地上的风土人情和人文历史，对家乡的热爱和赞美之情融于其中。

谢胜捷以一颗悲悯的心触摸人世间的百态人生。他对乡村土葬的陋习进行了批判，他认为死者不要和活着的人争土地，“入土为安/是对死者的尊重/但我认为与其一抔泥土占据一座山/不如让一把灰化作一片森林/滋养后人”（《远去的魂幡》）“甘蔗林在雾中沉默/低廉的价格让人们丢掉路标/迷失在城市的雾中/上学的孩子把书包丢在案台上/潦草的作业就像潦草的心情/无人问津”（《迷雾》）。甘蔗价格低廉，农民丢弃土地，远走城市打工，留下孩子成为留守儿童，无人关心，无心向学，读来让人心酸。

读谢胜捷的诗歌，深深地被感动，被他诗歌中的情感所打动。等你在尘世，岁月情深，祝福谢胜捷，祝福生活。（文/刘春柳）

谢胜捷诗歌精选

◎ 远去的魂幡

乡村病了
高血压、脑溢血、心肌梗死
如地沟油从城市侵入乡村

不堪重负
月缺风斜之夜
又一个未曾与城市谋面的亲人
死在心肌梗死的脚下
静悄悄的，没有一句多余的话

生，隆重而幸福
死，不能如此安静
我怀念那远去的魂幡
一个人的重量和魂魄系在白色的布条上
寻找回家的路
锣鼓声、唢呐声
孩子们列队举在头顶的魂幡
汇成悲伤的河流

入土为安
是对死者的尊重
但我认为与其一抔泥土占据一座山
不如让一把灰化作一片森林

滋养后人

人们关心土地
关心身体
关心医院
关心地沟油
没有人关心死者的尊严
死者没有了魂幡
也就没有了我们的故乡

◎ 迷雾

吴刚昨夜熬桂花酒时
把烟囱对准了人间
如纱如丝、缥缈无边
又有丝丝的甜蜜
赶路的人无法辨认回家的路
疲惫不堪的车轮
在大地这张稿纸上涂鸦

我们误入菠萝的海
那一行行果子就是美丽的文字
述说着甜蜜的乡愁
甘蔗林在雾中沉默
低廉的价格让人们丢掉路标
迷失在城市的雾中

上学的孩子把书包丢在案台上
潦草的作业就像潦草的心情
无人问津

种香蕉的人急着寻找新品种
革草继续疯狂生长
利益把转基因的欲望
变成种子装进口袋
没有人关心明天的事情
来一场春雨吧
让沉重的事情变得轻盈
来一场阳光吧
驱除一切不明确的迷雾

谢湘南

现代性深圳的歌吟

谢湘南，祖籍湖南。1993年抵达深圳打工并开始写诗。打工题材诗歌开创性诗人。《南方都市报》高级记者、编辑。1997年参加中国作家协会诗刊社举办的“青春诗会”，出版诗集3部，随笔集《深圳时间》。曾获广东鲁迅文学奖、深圳青年文学奖、第一朗读者最佳诗人等奖项。诗作入选上百种当代诗歌选本。

谢湘南的诗歌是诗人对深圳现代性的一种视角勘察的结果，譬如《再现》：“有时下班早，我跳下人肉罐头/7点的公共汽车，从公路的这边过往/那边。我走上一座/人行天桥。小贩们在售卖季节/……如果城管不来，这3米宽，10多米长的/天桥，就是哈着热气的彩虹/自由的车流有相对的方向……”正是现代化进程中深圳的街头景象之一，遑论如“人肉罐头”一般的城市公交车，正“装载着一个城市的颤抖”，滚滚向现代化的远方输送。

谢湘南在诗歌中很少朝后看，绝不追寻往昔，他全身心地处在现时，处于这一时刻，也使这一时刻延续并超出了它的自然限度。换句话说，诗歌之于谢湘南，不是一种逃避现实的尝试，相反，它是一种赋予现实以生气的尝试，是“一个寻找肉体却发现了词的灵魂”（布罗茨基），“那些不动的事物每天都会变一点/那些流动的事物以不变的面目/在眼前流动”（《在16楼卫生间看广深高速公路上的流逝》）。而诗人的任务就是写出抒情创造作品并使作品得以存在，如《玻璃清洁工》：“他们来到空中/就像回到家里，默不作声/开始一天的工作/他们收集浮尘和阳光/灰雾的叹息，一天天的积累/玻璃上，他们有如蜘蛛/被自己编造的舞蹈吸引……”如果我说“玻璃清洁工”正是时代诗人诗写的一个隐喻，那么这就是诗人在现代性背景下的精神面貌和他歌吟中当代价值的揭橥。（文/余文浩）

谢湘南诗歌精选

◎ 午夜路过113路公共汽车总站

鳄鱼也有打盹的时候
这些疲惫的车就像疲惫的人一样睡着了
这些在公路上霸道得很的庞然大物

像婴儿一样睡着了

它们齐整地躺在停车场上
它们的肚子里空空如也
它们将吃进去的人
都吐了出来
它们此刻
连鼾声都懒得发出

一盏探照灯照出它们苍白的梦境
梦游的车与梦游的人一样
是城市的孤魂与野鬼
它们不愿加入
它们有着纪律
它们被公共洗脑
它们信守时间的发条
罢工的幽灵没有找上它们，它们只是
蜷缩在夜雾里的平头百姓

钢铁只有吃了汽油才会莫名地兴奋
这些僵尸，就是这个城市里多数人
身体的一部分，它们承载着你我
像廉租的大腿嫁接在我们匆匆上班的旅途
如果不被长时间堵塞在路上
它连焦躁的情绪都不会流露
它们任由风雨，任由暴晒
将哮喘的职业病传遍城市的大街

而此刻，它们睡着了
像这个城市的大多数人，抱着死一般的沉寂
看不见自己的呼吸，像失忆的族群
被自己遗忘，死守着乌黑的轮胎
没有凶狠的表情，没有刹不住车的尖叫
没有意识，没有亲吻

◎ 葬在深圳的姑娘

仙桃　重庆　长沙　新兴　宁波　安徽　河南……
你们有着不一样的籍贯
你们在别处出生，不约而同
来到此地，来到榕树　木棉　荔枝
簕杜鹃　旅人蕉　美女樱　柠檬桉
生长之地，来到另一个
生命的起点

没有人知道你们怎样生活过
用怎样的感情投入这片土地
此刻你们用微笑
静立在墓碑上
那是一个凝固的光影
是太阳也躲着的一团磷火
你们身体，活泼地流动

曾在这个城市的街巷里穿梭
是制衣厂　玩具厂　电子车间　柜台前　写字楼内
让人心颤的气息
你们或许曾成天加班
或许在城中村的一个楼梯间，热烈地
吻过自己的恋人
在夜班过后的食街中用一个甜点　一串麻辣烫
来安慰曲折的肠胃
此时你们的耳边响起的仍是工地的桩声
是车轮滚滚的流逝

珠链滚入不同的白天与黑夜
青春戛然而止
生命的刻度在城市的表盘上取得一个终点
火热成为与你们无关的事
你可能的理想随同身影一起模糊
你是否还有未了的心事

城市灯火凝视可能的亲人

此刻你们真正成为亚热带的一株植物
在城市的外围
与夜露为伴
或许你们在夜晚还会来到城市上空散步
而这城市已认不出你
那条米花色裙子，用水冲洗三次之后
不再有汗味的发夹

辛夷

诗歌是内心的召唤

辛夷，原名张泽鑫。广东揭阳人，现居广州。广州市作家协会会员，《粤东诗歌光年》特邀编辑。著有诗集《身体是礁石》。作品发表于《诗刊》《诗选刊》《南方都市报》《湖南日报》等，入选《中国朦胧诗》《中国年度诗选》等多个选本。主编《诗维空间》。曾获中国诗歌学会“新时代·我们与你在一起”优秀作品奖、第七届“岱山杯”全国海洋文学二等奖、2017年度粤东诗歌创作突破奖等20多个奖项。

诗观：诗是对存在的一种言说。

他重拾诗歌完完全全出于自觉，一种需要，他需要某些东西来消除自己内心的黑暗、恐惧、不安，来维持精神的失衡状态，保持内在稳定。可当他真真正正进入诗歌写作的状态，他发现他错了，他听得到词语的裂变、聚合，他迷恋过修辞的炼金术，可他知道诗歌并没有让他的灵魂得到洁净，并没有改善他有裂缝的精神世界，相反，它使他陷入更深的泥淖。

他写的文字，都是遵从自己的内心，尽管他一直一边写一边后悔。他从不讳言自己写过垃圾，也相信自己写过一些好的作品，没有人能时刻保持最佳的写作状态，他深信这一点，并将永远深信下去。他大学阶段受过一些诗歌的基本训练，这兴许让他的起点相比部分人高，而另一方面，他写作的时间又比绝大多数人晚，他觉得这些对于他都没多大意义。他写过颓荡诗，口语诗，意象诗，进行过一些尝试，但不属于哪个派别，他也拒绝任何派别的归属和标签化。他要说的是，文字和风格都有阶段性，都是流动的，过早把人划到某个流派，某个山头领域，不是荣幸，而是不幸，因为会有无形的力量磨损人潜在的可能性。

他厌恶是非，也反感人之链所构造的利益网。这使他越来越相信，场景越广阔，越能照见人的孤独。时代呼啸而过，他不想赞美别人的光鲜和明丽，苦于赞美，吝于赞美。

辛夷诗歌精选

◎写一首诗

尘埃不仅仅是尘埃，它是音乐
浮力中自在的部分。穿行人群
陈旧的事物焕发出陌生感

是可把握的世界，云彩天生的魔法
降临棉花糖，童年的风一夜间吹白少年头
石头与流水在内心不断进行拉锯

是夜黑风急，红烛高烧，聊斋的火
明灭，狐狸兴奋地朝午夜阳台的抽烟者
奔来。偏头疼与梦境在花香里相拥

是一个人在寂静里，马鸣风萧萧
月出惊山鸟。是他体内的黑暗浓烟滚滚
他向远处走去，喇嘛在他眼里看到往昔

不离人间。是一杯水藏起所有舌头的真相
水静止，尘飞扬。有人为不可复制的一日
哀伤。而次日，班车又会准点泊在酒店门口

◎ 在阁楼上

衬衫瘪了下去，空洞需要想象
外公的身体才会重返，穿上它
走过深幽巷子，跟熟人殷切打招呼
并一路咳嗽着，为我买回童年的豆腐花

已经没有体温的衣裳，和墙壁停止的罗马钟
能提供的，不外乎陈年旧事
这是大扫除的意外发现。没人觉得惊喜
我们碰到的荒凉，也是空空的感觉

他最后的日子，依然在阁楼上享受烟草
坚持爱夺走他生命的东西。楼上的一切
兴许可以回忆他当年的痛与快乐
我们呢？只好把目光移开

忙着活下去的时代，其实并没有
太多时间，让我们完成一场简单的悲伤

徐飞

开心过日子，写我人生诗

徐飞，网名东海客子，中共党员，河源龙川人。爱好收藏、摄影、文学，广东省收藏家协会理事，中国民俗摄影协会、中华诗词学会、中国诗歌学会、河源市作家协会会员，诗刊社子曰诗社社员，广州市青年作家协会河源分会理事，《东方收藏园地》杂志编委，一福斋主人。

曾获《广州文摘报》2013年度优秀通讯员，“文华杯”全国短篇小说大赛优秀奖（中国小说学会主办），龙川县首届文学艺术优秀小说评奖三等奖，“霍山杯”全国征文大赛优秀奖等多项奖项。出版文集《秋天的遐想》。

徐飞在八十年代就喜欢诗歌，非常崇拜大诗人徐志摩先生，喜欢徐志摩先生的新诗。九十年代开始关注和学习席慕蓉、汪国真、海子的诗歌。2005年开始在报纸、杂志上发表新诗作品。他的作品曾获2013年“东方美”全国诗联书画大赛金奖，2013年首届“诺潮杯”全国征文入选奖，2013年作品入编《第二届中国百诗百联大赛作品精选》。

最近，徐飞参与编撰一本《客家诗人年鉴》。在著名诗人丘树宏、老刀等为顾问，钟仁安为主编的指导下，历时一年，从海内外500多位客家诗人近3000首诗歌中，精选了200多位诗人的800多首诗歌入编《客家诗人年鉴》。此书的编撰和出版，将为广东的诗坛特别是客家诗人，提供一份精美的客家诗人百科全书。

文学，虽然是诗人徐飞的业余爱好，但他却把文学当作生活的一部分，诚心守护、精心耕耘。他在业余创作小说、散文、随笔和其他文体的同时，新诗的写作一直伴随他的生活。在他的诗歌创作和交流活动中，诗人徐飞的一句口头禅是：“开心过日子，写我人生诗。”

徐飞诗歌精选

◎ 立秋过后

太阳还是如火，炽烤着
晴空万里，万里下的万物

光束在各种反射物上转折
聚焦于地面，成铁板烧

还未烤熟的人群，如躲瘟疫
躲进内凉外热的建筑体

我想遁入深山，幽林小径漫步
听，蝉鸣鸟唱；看，山溪水流

偶尔，拂过一阵微风
如同少女的轻吻

立秋过后，是深秋
在秋林，采摘一箩，秋果

◎ 到花田里去

从冬季的机舱跳下来的风
吹醒，一片，一片
三月的油菜田

潮湿的江南味道
踏青的欲望，诱你
到花田里去
做回前世的蜜蜂
用前朝的眼泪
　给菜花浇水
用今朝的笑声
　给菜地施肥

在花田的中央
眯起双眼，伸开双臂
蹲下高贵的金身
驱赶，喧嚣的贪婪

静静，静静
纯净水，蝴蝶心

雪克

用10分钟写一首诗 用10年认识诗

在这个硬通货创造奇迹的时代，夸大诗歌的功能和作用，将其推至神圣或伟大的高度，无疑是自欺欺人的。但诗歌，应该有它无可替代的尊严。

10多年前，雪克重拾诗歌，还不知诗歌为何物，觉得它就是和他以前曾写过发表过的分行文字一样，充满漂亮的句子则可。后来读多了，看多了，接触了完整而又五花八门的诗学文字之后，才知道诗歌不好玩、难玩，于是出现了越写越害怕的诗歌恐惧症。现在想起来，这种症状的及时出现也是一种好处，起码促使他自觉地去寻求病因，加以施治，并开始葆有对诗歌的敬畏之心。

这段时间持续很久，几近10年。用10个年头去认识一门艺术，得以触摸到诗歌的内核和本质，时间是不是太长了些？是的。10年本来可做很多很多事，但他什么都没做，在庸常的日子里借诗歌看云卷云舒，一副与世无争、死皮赖脸的模样，嗯，他要告诉你，他很自恋地把沉迷在分行文字里的这一段时间，叫作“诗意的日子”。当然，往深处去认识，里面应该还有老子的道，以及祸福的辨证法等等。10年间，他创作并发表了一些诗歌，出了诗合集和个人诗集，获得一些诗歌的名分和奖项；也主编过诗报和诗选本。虽身处偏远，但不敢懈怠，做了一些打通出生地与中国诗歌现场衔接的基础工作，试图带出一批有潜质的青年诗人。诗歌在他心目中，是那样尊严，并且越来越显厚实、沉雄，这让他的敬畏更增三分。其实，他的人生享有很多“实荣”，因此他不在意来自于诗歌文本之外的虚荣，他对虚名看得极淡，只做有益诗歌的好事、实事，这也许就是他10年认识诗歌之后，个人的尊严得益于诗歌并与其一道成长的缘故吧。

雪克诗歌精选

◎ 一件最想做的事

去山中，把属于我的空气搬回家
一天搬一袋
十天半月
把仄逼的屋子撑大。
我不贪心，只要回属于自己的面积
如果撑到空地
你可以来我的屋里跳舞
如果撑到马路
你免费开车穿过去
万一撑到山坡
哦，你可以带块墓碑
在我身边久留。

◎ 读某女人

读诗，读那个她的诗
我得挑出几句，嚼成苦药。

我醒着，站在屏风玻璃后面
看一群穿白大褂的人，亮出锋利的刀

手术很慢

她很痛。红色的血开始梦游
白夜是她的裸体。

◎ 常见病

我们生活在一枚鸡蛋里
是兄弟相让，是夫妻举案齐眉

椭圆形是造物主的旨意
适合灵长类拿捏

有人捏了一辈子
有人捏碎了，更多的人
捏出蛋里的骨头

秀实

『婕诗派』香港诗人

秀实，世界华文作家交流协会诗学顾问，香港诗歌协会会长，《圆桌诗刊》主编。曾获“香港中文文学奖诗歌奖”“新北市文学奖新诗奖”“昌耀诗歌奖入围奖”等多个奖项。著有港、台版诗集6部；散文集2部；小说集2部；评论集5部等。并编有港、台版诗歌选本4部。在诗生活网站poemlife.com开设有诗歌专栏“空洞盒子”。

秀实的诗入选多个诗歌选本，其于专栏内的作品《孤单》已有万余点击率，被认为是他的代表作。澳门诗人荒林认为他的诗深具香港特色，称其为“香港诗歌的脸”。

秀实于2015年诗风蜕变，因而创立“婕诗派”。主张有二：1.思想重权。无论任何题材，诗都以抒情为其主调。因为时代转变，人与人间的假情关系已牢固不破。婕诗派认为，拥有愈大的权力其情愈真。权愈大方有可能出现全心全意的爱。而非世俗的因存活而爱、因生计而爱。世俗这种爱是骗人瞒己而又彼此视为生命常态。在现实的情况底下，最大的权力已是寻回真爱的唯一方法。本派主张诗人写作时，放肆运用其对万物命名与解释的权力，设想自己为“帝皇”为“造物主”，反抗约定俗成的潜行规则，以寻回万物间的真爱。2.长句写真。世相浮泛而多变，真相隐藏于其中不易为诗人发现。婕诗派主张书写真相而不写世相。要知道，人之本性虽然所变不大，但人类的思想与语言已同臻复杂，决非古时境况。故善于运用长句方有可能把真相准确书写出来。道理类似当今的法律条文，以日常长句来界定世间事理之真实版本。简短的句子只指涉及简单的思想，不能对真相作出正确的述说，并可能出现部分述说和表层述说的弊端。以长句书写世间真相，才是优秀的诗歌语言。

秀实将在2018年出版诗集《婕诗派》，务求实现从理论到实践这个主张。

◎剪与刀

无人明白这些工具背后的含意
他们会想到厨房或书桌上搁着的信笺
较高层次的，会联想到艺
那色香味俱全的盛馔，篆印或木雕
而我想到的是，女子的离去

庸俗的思想会讥笑我，因为他们的存活早有设定
他们窃窃私语，奢谈历史的渣滓与暗影
只知争胜好强而不明白对自然的
怜惜才让所有的短暂变为恒久

设若有两个女子，一个送我以剪，一个惠我以刀
那时生活便不止于缝纫与厨艺
那是一种锋利的缘，保卫而不作伤害
器止于用而我的内心仍是
拙与朴。而现在这些剪与刀
或吊悬架上或收纳箱里，我看到的是
生命的全然瘫弱如病
时光在它们身上闪着如彻夜的星光

◎想念的兽

灯节的晚上我在灯火阑珊处想念着
一头温驯的兽。它那榆木枝丫般的骨骼
在风中保持着安静的姿态
它如披着远方天空一般幽渺的围巾

我们会说下雨的晚上而不说雨夜
这眉眼般的语言让我喜欢它的细密
我漂泊无依，它卻蹲在楼头沉默对月
这般境况映照出那些诗人笔下的虚伪

我想念兽而远离城市，也远离诗的谎言
它本性恒常柔软，窝藏于家
它把岁月压抑，只专注于丛林的一场大雨
思想沉重的落果，它的前生是盛唐花开

◎孤单

我穿越城市的巨流，让世界的灯火和喧闹在背后
让那所房子空洞，在日暮时黯淡成一个时光的囚牢
黑暗里有一头兽潜伏着，在墙壁的角落
我没有遗忘，它安静如影子，只说简单的话语

我不曾歌颂春天的淫雨和熏风，只记录了我的败亡
怀疑一切的人和事物让思想纠结为诗篇

身体却逐渐空洞，直至那头兽足以安居于此
而我的孤单有了温暖，如夜色中一盏灯

当生命成全了理想的世界，我便归来
那时落叶如雨，秋色稠密
我叩响的那些门后，光阴依旧
那头兽仍在，它仍说着简单的话语，爱你

熊国华

他赋予诗歌以揭示、阐述、澄清、转化的力量

熊国华，号能空居士，生于湖南，祖籍湖北，现居广州。1982年毕业于湘潭大学中文系，留校任教。现为广东第二师范学院中文系教授、教学名师。中国诗歌学会理事，中国世界华文文学学会理事，广东省中国古代文学理论研究会理事，中国作家协会会员，国际诗人笔会主席团成员，国际华文微诗群群主。曾多次去美国、英国、澳大利亚、印尼、新马泰、中国台港澳等国家和地区访问讲学。

著有诗集《世纪风景》《熊国华短诗选》（中英对照）、《与石榴对话》《旋转的世界》；诗评集《刘荒田抒情诗赏析》《从奔放到澄明》；评传《美国梦》等多种。主编《世纪末的沉思》《海外华文文学读本·诗歌卷》《清远当代文学史》《国际华文微诗选粹》《2017年国际华文微诗选粹》等多种。在国内外报纸杂志发表学术论文、诗歌评论300多篇。作品入选《世界当代诗人大辞典》《国际华文诗人百家手稿集》《21世纪中国文学大系》《21世纪诗歌排行榜》《中国新诗年鉴》等选本，被刻于广州龙头山国家森林公园“国际诗林”、安徽“五千年文博园”的石碑上。曾获光明日报社主办的“罗蒙杯”全国诗歌大赛二等奖、美国亚洲当代文化学会授予“优秀华文奖”等多种文学奖项。

人人文学网2014年度网络文学奖“诗歌特别奖”的《颁奖词》指出：“诗人熊国华，古典诗学功底深厚，几十年如一日，孜孜以求，建立了他的诗歌王国。他赋予诗歌以揭示、阐述、澄清、转化的力量。大处着眼，小处落笔，让日常生活诗意化、生命化、个人化。诗句常常采取幽默的方式，讽刺与批判社会现象。诗人以悲悯情怀，呼唤世人善待地球，敬畏生命与自然，免世界于沦亡，把忧国忧民的传统精神提升至忧地球与人类的高度。”

诗观：诗歌是最具有原创性的高级语言艺术。它用充满张力的心灵化的意象语言，实现对客观世界的重新整合，以最富于想象、哲思和美感的形式探求宇宙人生的真谛，从而获得精神的超越和心灵的自由。诗歌，同时也是生命的本质呈现，是诗人感悟生活、表现自我、观照世界的独特艺术方式。

熊国华诗歌精选

◎孙中山铜像

用剪断的辫子做一根
黑色手杖
敲醒沉睡的大地

——2006年刻在广州市龙头山国家森林公园“国际诗林”的石碑上。

◎与石榴对话

我正拿着一个新鲜的石榴

青涩的青与成熟的红
两种不同的人生韵味
和谐统一在你身上
大自然饱满的果实，捧出的心脏
即使离开了树的身体，仍然鲜润生动
具有生命质感，尽管不能地久天长

我优雅而残酷的手指，小心翼翼
剥开时间的外衣
你真实地站在我眼前
没有任何修饰，一丝不挂

坦诚相见。那么晶莹纯洁
让我肮脏的念头感到惭愧
外柔内刚，具有流动的血液和
不流动的骨头
没有丝毫轻浮浅薄

我深情地注视着你
忽然发现你多子多孙，分室而居
互相依靠，和睦相处，紧密相邻
如果不是忍无可忍
绝不会发生爆裂
这种发现使我对石榴
更加感到亲切

也许在所有的人中
我是最欣赏你的人
我熟悉你的生长过程
你的外貌和内心
你的每一条纹路甚至斑痕。但是
最亲近你的人
最终也是伤害你的人

◎ 小蛮腰

灵感与名片，镜子的两面
从白居易的一句唐诗

扭成现代的小蛮腰

亭亭玉立600米
在一个蓝色星球
头上是虚空，脚下仍是虚空

白昼素面朝天，夜晚霓裳羽衣
千变女郎，神秘的美
一千个观众一千个小蛮腰

曼妙绝伦的舞姿
舞动南粤山水，满天星光
舞动有形频道，无形天音

伴你上班，伴你入梦
在广州抬头可见
明星一般的大众情人

如从广州大桥经过
伸手便可盈盈一握
唯恐大桥，有不可承受之轻

至于异想天开
枕着小蛮腰睡觉
那是超人的事情

杨克

在继承和超越中达到精神的自由

杨克，广西人，现居广州。著名诗人，广东省作家协会副主席，国家一级作家，编审。中国“第三代实力派诗人”“民间写作”代表性诗人之一。在《人民文学》《诗刊》《中国作家》《世界文学》《上海文学》《花城》《当代》等报刊发表了大量诗歌、评论、散文及小说作品。并在人民文学出版社、台湾华品文创有限公司等出版汉语集子15部；美国俄克拉荷马大学出版社、日本思潮社等出版翻译为外语的诗集6本。作品收入350种以上选本。

自徐志摩先生之后，别人再写康桥是一件冒险的事情。因为，无论从艺术上，还是在情感上很难达到志摩先生的高度。而杨克先生一反前人的抒情方式，而是选取了“问”和“答”以及“思辨”的方式，在“再别”和“又见”的比较中，在离别和归来叙事中，倾诉自己的心曲。在我看来，这首《又见康桥》不仅会成为中国诗歌的典型范例，我同样相信，这首诗歌已经与志摩先生的《再别康桥》形成了一个相互传承，相互连接的情感载体，珠联璧合，相得益彰。

在杨克先生看来，康桥是一个他自己的内心象征和精神意象，他并没有由于徐志摩先生的“再别”，睹物思情，空余惆怅，而是“向你问好”“今夜我代你回到英伦，正如你当年代我离开”，在精神上，艺术上形成了与徐志摩先生的接力和传承。也许，杨克选取的意象还是“康河”“夕阳”“金柳”“星辉”“秋虫”和“月色”等，我以为是杨克先生有意所为，因为，杨克就是要通过这些读者所熟悉的志摩意象，从而唤醒新的精神快感。但是杨克并没有停留在志摩先生的激情之内，而是赋予了这些意象以新的生命和旷达的深刻度。于是，他问“满河斑斓的星辉，你今何在？”“谁的长篙搅动八月的沉默”，既表达了深切的怀人之情，又对这些令人心醉的意象提出新的思考。杨克先生在“沉默”什么，是在感叹人世的无常，还是在回味爱情的温婉，是在探究人生的奥妙，还是在追寻精神的延续？在动人的思怀之中，杨克先生找到了自己的节奏，他写道“你拼命抓住稍纵即逝的虹，以一颗水泡维系人心的凉薄”，在这里，诗人杨克是伤感的，因为，他与徐志摩先生一样，具有“理想主义”情结，然而“人心薄凉”，那就让目光超越现实的世界，让志摩的“寻梦”和杨克的“孤星”和“天空”，去“浸染半江月色”，和“一袖子带不走的云彩”。

杨克先生的这首《又见康桥》通过对志摩意象的多重解读与重构，既思怀，又超越，最终以一个独立的艺术与美学的秩序呈现在读者面前。杨克先生的创作实践可以说明，那些一味追求别出心裁的词语、反意象、反抒情的，所谓深刻哲理的诗歌无非是一些矫揉造作的塑料花朵，而杨克先生用的意象也许是“陈旧”的、日常生活中信手拈来的，但是，当他的诗情指向人心的时候，其实其语言功能在诗歌被理解后就消失了，诗歌已经从个别语言实验中升腾起来，从而变成一种沁人心脾的人生经验，也就使其诗歌从个人抒怀变成了一种普遍的精神景观。

——文/李磊（外语学院教授）

杨克诗歌精选

◎ 夏时制

火车提前开走
少女提前成熟
插在生日蛋糕上的蜡烛
提前吹灭
精心策划的谋杀案
白刀子提前进去
红刀子提前出来

只是孵房的小鸡拒绝出壳
只是入夜时分
月光不白

马路上晨跑的写实作家
在本来无车的时刻
被头班车撞死　理解了
黑色幽默和荒诞派
老地点老时间赴约会的小伙
从此遇上另一个女孩
躺在火葬场的死者
享年徒有虚名
莫名其妙被窃走一小时阳光空气
一个个目瞪口呆

时间是公正的么？

◎人民

那些讨薪的民工。那些从大平煤窑里伸出的
148双残损的手掌
卖血染上艾滋的李爱叶

黄土高坡放羊的光棍
沾着口水数钱的长舌妇
发廊妹，不合法的性工作者
跟城管打游击战的小贩
需要桑拿的
小老板

那些骑自行车的上班族
无所事事的溜达者
那些酒吧里的浪荡子。边喝茶
边逗鸟的老翁
让人一头雾水的学者
那臭烘烘的酒鬼、赌徒、挑夫
推销员、庄稼汉、教师、士兵
公子哥儿、乞丐、医生、秘书（以及小蜜）
单位里头的丑角或
配角

从长安街到广州大道

这个冬天我从未遇到过“人民”
只看见无数卑微地说话的身体
每天坐在公共汽车上
互相取暖
就像肮脏的零钱
使用的人，皱着眉头，把他们递给了，社会

◎ 高秋

此时北方的长街宽阔而安静
四合院从容入梦　如此幸福的午夜
我听见头顶上有一张树叶在干燥中脆响
人很小　风很强劲
秋天的星空高起来了
路灯足以照彻一个人内心的角落

我独自沿着林荫道往前走
突然想抱抱路边的一棵大树
这些挺立天地间的高大灵魂
没有一根枝丫我想栖息
我只想更靠近这个世界

远洋

在激情与现实之间

远洋，河南新县人，现居深圳。武汉大学毕业。中国作家协会会员，深圳市作家协会理事。1980年开始创作并发表作品，作品入选《河南新文学大系》《广东省作家协会五十年（1953—2003）文选》（诗歌卷）、《跨越：纪念中国改革开放三十年诗选(1978-2008)》《十年诗选（2000-2010）》等选集。出版诗集多部。诗《鹤仙子》、诗剧《以南丁格尔的名义》先后在中央电视台播出。获河南省“骏马奖”“牡丹杯”奖，湖北省 “神州杯”奖，深圳青年文学奖，河南诗人年度大奖，红岩文学“外国诗歌奖”等。

翻译获得诺贝尔文学奖、普利策诗歌奖、艾略特诗歌奖诗集20多部，诗歌刊登于《世界文学》《诗刊》《译林》等30多家刊物700多首，并发表了大量评论文章。译诗集《亚当的苹果园》由江苏文艺出版社出版发行，荣登数十家媒体推荐榜单，入选“全国2014年文学图书排行榜的Top100”。出版诗集4部。

远洋的作品集《村姑》直面现实 ，介入人生。在解读乡土与建构艺术世界的过程中，对乡土风俗描摹，对生存本相考察，对天道人性追问，对道德困境省察，对终极关怀忧思。他以鲜明的个性、浓郁的情感、灵动的形象、独特的美学意蕴，把我们带入特定的诗歌语境中。

——文/萨仁图娅：《远洋：对乡村女子命运的解读》

远洋的诗借鉴了现代主义文学中的意象、象征、超现实、魔幻各个派别和中西绘画艺术中的勾勒、留白、对比、明暗对照、映衬烘托、泼墨渲染等等表现手法，将民族性与现代性、方言土语和书面语言熔为一炉，创造了新的表现形式和新的鲜活的又有着浓郁乡土气息的诗歌语言，并臻于化境，空灵剔透。

远洋的诗创作展示了独有的原生性：那充沛的来自大地的先天激情与后天秉承文化传统的现实批判，构成了抒情主体的矛盾两极，二者协同共振，既富于艺术张力，又凸现现实批判的锋芒。

——文/高惠敏：《让诗歌走进所有的心灵》

◎ 在清醒的梦魇中

在清醒的梦魇中——
我的舌头上压着石块
我不知道说什么或怎样说
话语只带来虚假和伤害

在清醒的梦魇中——
我的眼睛黏上了糨糊
我看见了什么又如何看见
难辨是黑暗还是迷雾

在清醒的梦魇中——
我的四肢无法动弹
左右不能进退两难
僵硬得挺尸一般

在清醒的梦魇中——
眼不能睁口不能言
我已被施了魔法
拘囚于无声的呐喊

◎ 在闪电之中照面

在闪电之中照面
在雷殛之时遭逢

铁血时代穿透心胸
沉重依旧大理石天空

狼犬利齿露出寒光
金闪闪太阳鞭舞蛇影

轭　带着响铃叮当
更清脆动听

吃狼奶长大的孩子
变成狱警和刽子手
满脸无辜灿烂笑容

低俗陷阱杀机四伏
泛着酒绿灯红

走出古墓的幽灵
借活尸还魂

乌烟瘴气鸟导师
学堂一片诵经声

人不再噤若寒蝉
岁月却落入深渊

噩梦和欲望纠缠
吞噬一切的黑洞

你只能沿墙壁攀登

牛犊顶橡树

跟大风车作战

摧毁谎言城堡　戳穿
小丑表演
撕破伪善面孔

承受锁链与鹰鹫扑啄

当你的生命变成
一截自燃而焦煳的木炭
唯有点亮风中之烛

野松

写诗是一种救赎

野松，原名杨志明，广东人。广东省作家协会会员，广东省文艺评论家协会会员。在各种报纸、杂志、选集发表了大量诗歌作品和诗歌、小说、散文以及评论文章，出版诗集4部，诗歌评论集1部。曾获“第三条道路诗歌”写作新锐奖，在第六届珠江国际诗歌节——寻找五邑诗人评选活动中荣获“五邑诗人”原创成就奖。

初中二年级，远洋在《羊城晚报》发表了处女作《“穷且益坚，不坠青云之志”》，自此，便与诗歌结下了不解之缘。30多年来，他爱诗读诗写诗评诗，一路走来，痴情不改。

野松是“一个不能承受生命之轻的诗人”，原江门文艺评论家协会主席凤群认为，从某种意义上说，野松的诗更像一团野火彰显一种阳刚之气，他的诗一如他性格的真诚，是与虚伪绝缘的。著名诗人、原《诗歌报》主编乔延凤在给野松的诗集《大地行吟》所作的序言《行吟者的身影》中认为：“野松的诗篇有一种超脱、豪爽之气。给人的是感奋昂扬之情，让人感受到天地之间的浩然正气，使人对人生充满了信心和力量。”而著名诗歌评论家朱子庆则认为，写诗在野松是一种救赎，从不做“口语诗”的“物观”絮语，而偏于主观（“说”）和抒情的；而当他一旦对“说”（主观直陈）有所警觉，取径于敛藏，着意将意象、象征由修辞性运用，转为一种整体性的“境象幻构”，一切就焕然而为“表现”了。

野松坚持外观世相、内审灵魂，发而抒之的诗观，坚持用内心对美善的向往和追求来与物化的世俗保持一定的距离，坚持用充满激情的诗歌来对抗生存的错误和忧伤，坚持通过诗歌来保持灵魂的高蹈。在野松的诗歌中，他的灵魂是袒露无遗的。然而，他不愿做一名草莽之徒，只会粗野地大声吆喝，大声号叫，而喜欢做在高山之巅大河之畔吹响灵魂的玉笛长箫，风流倜傥地逍遥的真性情侠客。因此，在创作中，他总会自觉或不自觉地将英雄气度与儒雅风范揉合于他的诗，而致刚柔相济、含蓄与外显共得。

野松诗歌精选

◎ 生命是孤寂的

生命是孤寂的，像沙漠中的一棵红柳
以孤寂对抗孤寂，以孤寂消遣孤寂
白天仰望寥廓苍天成了唯一的姿势
黑夜里静听血管里的鹰鸣马嘶

总是这样：欲言又止，欲去仍回
你的背影，还有记忆里你的转身
都已被岁月的风沙吹到诗歌不能到达的尽头
红色的火焰则在戈壁上灼伤我的眼睛和内心
我还能这样说么，还能这样说么
只有你像月亮一样临照我的怀想，和伤感

其实，我早已成了古楼兰唯一残存的土墙
承载着死亡的重量，而那些目光是多么轻浅
看不到情感的遗址在心之核，在不能砸开的心之核
他们没有长河落日般的梦境

我一直在时间广场的边缘游走
在绝望的高处寻觅灵魂的故土
承受着不能承受的酷刑，而倍感慰藉

◎ 我一直在无边的空寂中抵抗

我一直在无边的空寂中抵抗
像枝头的一片孤叶抵抗着
看不见但又实在的凛冽寒风
沉默中，用双手去触摸那面
旗帜，天边最后的微光
我已趋于平静，尽管一匹快马
飞奔的啼声溅起了青春的回响
残酷的虚无让我无意中
获取了岁月的温柔，桂花的芬芳
经受死亡考验的生命远离墓穴
黑夜中燃起的火焰映照灵魂的波浪
我开始描画矗立于晨曦中的石碑
赤红的熔岩蕴藏着滚滚暖流
我吟诵的不再是泣血的诗行

伊萍

用一双虔诚的手去写诗

在评论家王钻清眼里，女诗人伊萍没有产生“诗歌事件”，没有进入“诗歌江湖”的圈子，也没有“特殊身份”作标签；她以天赋诗人的自由、独立、诗性感觉等特质，以女人的敏感内心和灵性语言，在诗的王国里“结构诗歌”，或者说完成她的诗歌结构，于是她的诗就成了；而且仿佛诗魔上身，她在某一时段创作诗歌处于癫狂的魔性状态——那一首首诗横空出世，这是诗人难得的创作佳境。

伊萍，是率性写诗，在内心以诗与世界对话。她从日常生活体验诗的意境，从生命中体验诗的美妙，从出发与回归中体现诗的蕴含。她崇尚自由静谧的生活，就像一滴清晨的露珠，从里到外流淌着清澈的诗意，散发檀香的禅味，让人宁静遐思快乐，敞开心灵接受洗礼。但她又喜欢说走就走的旅行，伊萍的游记体的诗歌《桂林》“把一首诗搭在山水之间/供所有人行走”。

很多时候，伊萍的诗歌都是以爱情为导火线，爆炸成玻璃碎片的诗歌语言，有刺痛感，真所谓痛并快乐着。她是作为诗歌现场者，抱着一颗纯粹的心，参与诗歌真实的光和影的场景中，表达自己细腻的心灵和情感。看看她的诗《风的斜倾度》“你身上美丽的牧场/可以睡眠和奔跑/一次次交换身子，忘掉所有/听听，我的心/被一阵鸟啼歌，唱细听有光的内韵”。这里的身体与牧场、身子与心、心与鸟啼和光，被一种诗性的直觉结构成视觉听的诗意，关联着人与情，人与人，生活与诗。把所有事物用诗的灵性，穿透串起，打结在手腕，松紧适宜，与脉搏一起跳动，真实质朴。

对于诗歌写作者而言，发自内心诚意的热爱，坚守诗歌的精神阵地，用一双虔诚的手去写诗，在尘世的命运里，豁达人生。甚好！

伊萍诗歌精选

◎风的斜倾度

我的灵魂要靠近你的灵魂
在你岁月静好的春天，玫瑰高高耸起
有意无意地碰触我战栗的唇红

额头宽余，流动一片浅蓝的天空
没有过多的色彩，风儿浓淡相宜
我是你的单色，尘世里的肉身，
惯于靠近爱的欲望
发声的燃烧，把无限永恒成信仰
这里每一次像一杯烈酒。
我一直在说着天气，这无关情绪的
一朵云。你身上美丽的牧场
可以睡眠和奔跑
一次次交换身子，忘掉所有
听听，我的心
被一阵鸟啼歌唱，细听有光的内韵
我们被风吹着走
吹低的图像，恰好垂直于你我

◎那一夜

炊烟起，站在门前等你
风吹瘦了半棵树

老鸦。枯藤。夕暮。
在秋千的最高弧点里游离
我的秋千荡得很高，我的你
已远离千万里
我热爱生命和旅途，靠近你
你的手是朵云，让我安静顿停

从你的口中，知道秋来了
我愿作大地，承受你所有的脚步
用闪亮的动词
喊出一排木栅，围起自己
你的声音加宽了记忆的周长
我正穿过森林，没有枪声、花香
低矮的树桩本始着高贵之心注视我
像树一样忠诚秋天的静寂和典雅
树开始奔跑，跑在秋天的脊梁上
你的身体弯着歌唱
应和着大海的深情告白
我已走失在你的夜里，直至死去

◎ 我的青春

面朝大海，我的青春
汹涌澎湃
一波转折一波的故事，起伏
船与人的往返，我

成为最轻的一片浪，它迅疾或缓行
适可而止。不远不近地在我身旁
唤一声，就会有回响
如果爱，能让自己不老
我愿择一人陪伴，依水而居
建座小木屋。有灯光、炊烟，还有
宽大的窗，透过窗看看世界
回头看看你我，会心而笑
既然你已来，我岂敢匆忙老去
一片大海
慢慢打磨，用水的栅栏
锁住
两行脚印，成为不老的传说

仪桐

诗心从所寄

仪桐，原名崔光红，中国诗歌学会会员，广东省作家协会会员。曾于鲁迅文学院进修，汉语言文学本科。作品散见于《诗刊》《星星诗刊》《诗选刊》《作品》等。有个人诗集《花钟》《仪桐诗选》《合租屋》在美国和中国出版。

十六岁的仪桐把写诗看成一件羞怯的事情，独守这片领地，像护着处女的一个小秘密，迷恋写诗，但又不想让更多人知道她还这么“酸气”。

一个偶然的机会，她的一个同学怂恿她去加入本县的作家协会。从此，遇到了志同道合的一些文友，读到他们较前沿性的一些书写，仪桐开始跳出了个人的小框框文本。这期间，她读到许多外国诗歌，《恶之花》让她大开眼界，原来诗还可以这样写，不是小我主义，而是大写的人和世界。

随着阅读量增加，她喜欢许多外国诗人的作品，里尔克、叶芝、惠特曼、艾略特、博尔赫斯、雪莱、庞德等，她迷恋这些与中国传统表达不同的外国诗。特别是读了艾伦·金森堡的《嚎叫》之后，他的激进，叛逆，狂野，现实性的疼痛，给她造成巨大冲击，她喜欢这种狂热的激情。

2012年，她南下打工，体会到了漂泊的艰辛不易，在现实生存的剧痛中写下了许多诗。这时候，诗歌成了她打工路上的疼痛缓释片，心灵慰藉，和现实清醒剂，与她的生命血肉交融，让她的成长有了底蕴和亮色。从写诗角度来说，她选择南下打工一点没错，这是一个很好的突破口，技艺是第二性，诗歌永远来源于生活。

在仪桐看来，诗意永远与现实隔着一重山，或者是模糊不清的，或者是虚幻的，我们在现实面前退后一步，眯一下眼，一首诗就会腾空而起，而诗歌本质就是门语言的手艺，我们总在探寻诗歌世界的隐秘，形式与内容，均为精神所寄，而创新永远是它的生命。

仪桐诗歌精选

◎倘若

倘若有一个人愿意冒死相陪
去登山，临海
或者有一个人愿意陪着
看一场电影，发出会心的笑声
不管结局如何，都应该感激
倘若他来自某个茂密的丛林
寒冷，或者孤寂
在某个空山新雨后，冲着我发笑
像一颗滴答欲下的果实
倘若在都市滚滚的人潮之中
他渴望返乡
在我体内炮制了一种逃亡的合奏
那就不管结局，直到走投无路

◎空

一尘不染的灰色大理石地板上
映射着六条长龙似的灯光
像一些游动着的情绪
现在已是午夜。在深圳
醒着的广告招牌
三个绿衣女清洁工埋着头，拖着地

空旷的地铁室内完美如初，女播音员的报站声音
荡过来，荡过去
站岗亭与售票窗口发生小小的寒战
步履匆匆的陌生男女
他们忘掉季节，只看速度
我在电梯逆向而行的时刻
很想扯住一个人，问问他去哪

◎ 从公安到藕池

荆江的堤岸从四面八方挟持而来
那么多年，你逃不出
汽车在故乡的原野上发生剧烈颠簸
公路年久失修
像那些低矮的坟茔中，龟裂着
一生沉默粗糙的掌纹
我在巨大的轰鸣声中坐直身躯
在浪尖，与整齐的树林，老房子，石桥静静对峙
那些微亮又温暖着的灯光
四下散落
它们无一例外地警告着我
一张票，不管在多么遥远的地方发生漂移
却始终对一些熟悉的野草，心怀恐惧

依人

她用诗歌来诉说生活

依人，原名李艳娟，籍贯辽宁，居广州，从事纪检监察工作。诗歌作品散见《湛江文学》《东江文学》、印尼《千岛日报》等报刊及网络平台。诗歌收录在《广东青年作家诗歌精选》《中国当代优秀诗人诗集》等。广州市作家协会会员。参加2017年广东省诗歌创作高级研修班学习。

依人出生在东北辽宁，读书都是在家乡完成的，后来到河北秦皇岛工作，在国企子弟学校当老师，之后来到广州，至今已有20多年的时间了。完全不同的气候、环境、人文，过程当中不免有些流浪的、飘忽不定的感觉，她慢慢适应着、调整着自己及生活。对于无任何依靠的生活、工作的大环境，有时候会敏感、尖锐，可能也是对自己的一种保护吧，不自觉拥有的这种自强自立，可能诗歌中多多少少有些表现。

依人早期写过一些言情诗歌，比如《雪藏》《这里有着爱》《也在雨天》等；对一去不复返的时光的感叹，比如《苍白》《春暖花开》《遐想》等；后来一点一点过渡到小哲思，比如《出口》《献给自己》《零》等；现在写的诗歌会对生活有点小思考，比如《我的3·15》《绿》《浅笑》《时光的坍塌》等，总之，没有走出自己的小爱，对生活、对社会的关注与疼痛少了些，她的职业是船舶行业纪检监察工作，工人的辛酸苦辣她没有忘记，写过几首这类诗歌，比如《船魂》《蓝色的天穹》《外来工》《蒲公英》等，这也是她今后写作的追求。

对于诗人和诗歌，依人说她尊重任何一个对生命、生活认真书写的人和每一首诗歌，希望我们的生活像诗一样美，我们的诗歌像生活一样丰富多彩！

依人诗歌精选

◎ 金色阳光

太阳是金色的
撒下金色的光辉
动物，植物，高楼大厦，车船
高山，大海以及飘荡的灵魂
你和我，也都镶上了金身
沐浴着无上荣光

黑暗无处躲藏
跑到我心里去
被居住在我心房的
醒着的欢乐
逗笑

◎ 就像一片落叶的忧伤

爱不会再溢出
就像水变成了冰，凝集固化
安心等待暖暖的春

我相信，命中注定的缘分
就算走得再远，丢得再久
也会反转回来，找你

哪怕只有一次相见
哪怕用一辈子去等
因为只有你，才是我的

我们在规则中
被游戏，被考验，被折磨
其实，你一直在那儿
我，也一直在这儿

◎ 穿过整个夜的黑

黄昏，没理由错过的
不期而遇。一切都梦幻起来
比如爱恋，比如辛酸，比如痛苦
五彩缤纷倒映在江中，哪里还有混沌
岸那边的通天塔，醉过美酒
玄得满心欢喜。黑夜，传说中的传说
升腾着，舍不得问一声晚安
寂静的夜晚，一声摇滚
让心跳跃。无法入眠的夜啊
让我穿过你，整个的黑

姚中才

诗在路上

姚中才，中国作家协会会员，广东省作家协会理事。文学创作二级。曾任《南方周末》《深圳青年》记者。出版散文集2部，小说集3部，长篇报告文学5部。获广州市朝花文学奖、首届广东青年文学奖、广东省第八届“五个一工程奖”、广东省第九届鲁迅文艺奖、广东省首届“大沥杯”小说奖。

他喜欢在路上，许许多多美好的风景在吸引着他，还有那些在孩提时代就深深植根于他心中的一个个地名，他都想去看看。世界太大，而生命太短暂。读万卷书，行万里路，这个非常朴实的理想一直是姚中才努力去追寻的目标。这些美好的风景，让他心里充满着莫名的激动。

姚中才背着背包，走在户外。那些户外探险的超强度路线，他一条条走了下来，从最初级的船底顶，到鳌太线、贡嘎线、梅里线、年宝玉则线、乌孙线、狼塔线、尼泊尔的ABC线，一次次高强度的无人区的穿越，令他一次次畅快地与天地交流。

走向荒野，实际上是一种精神上的回归，一种寻根的冲动。城市化带来的困惑，让他需要寻求一种心灵的慰藉和归宿。这种原始的、未经破坏的自然，能平复人心中的躁动，唤起幸福感。

他在人声嘈杂的地方总是感觉到许多不自在，只有在山野里，才觉得每一个毛孔都是放松的，当他在山脊线上奔跑的时候，他觉得自己是在低空飞翔。当别人觉得他是在自虐的时候，他们不知道，他的内心其实是多么快乐。

正是这一路上的真切实在的感受，就构成了诗。姚中才认为诗不仅是用笔写下的，更是用脚写下的，古之所谓行吟诗人，也许就是这样吧。

姚中才诗歌精选

◎海南海南

椰子蓄够了足够的奶水
在夜里
我扑进了海南的怀里
雷州半岛是大陆伸出的一只脚
踢得她至今生疼
这个被遗弃的孤女
喝着南中国海的东南风长大
出落得风姿绰约

千百年来，那些
流放的罪人和贬官
把他们桀骜不驯的血液
滴撒在这里
这是苏东坡放声大笑的海南
天涯海角
原本是新的开端

椰影里的海南
涛声中的海南
她也是你心灵的故园
今夜，你在远处
只有我独自走进这梦境

◎ 火山

找一快干净的时间
葬我
在岁月的平庸里
我努力抑制我的心跳
不让它太出格
摁住我的爱情
不让它泛滥成春天
不设墓碑
不动声色地
潜伏在时间的原野
直到
成为火山

◎ 候渡

你策马去了远方
算不出有多少个朝代
英雄的墓碑长满了荒草
这古老的渡口古老的城
看渡船来回穿梭
大唐渡到明清，明清渡到当下
我是个孤独的候渡客
忘了从哪里来
时光的风刮过青瓦灰砖的酒肆

我要三斤黄酒，一醉千年
爱的人隔着千山
这一生我没有活成我的样子
红尘里多少面孔飘过
酒醒时，我会在什么地方

紫紫

纯粹的隐修之路

郑秋梅，笔名：紫紫，广州音乐教师，广州市作家协会会员，广州市青年作家协会会员，广州市青年作家协会创作委员会委员。作品散见于《诗刊》《星星诗刊》《诗选刊》《诗潮》《中国诗歌》《广州文艺》《惠州晚报》《金陵晚报》《朔州晚报》等等全国各地报刊及各种年度选本。曾获不同等次征文比赛奖项。

诗观：诗歌讲求“真”，来自于生活，诗歌如果脱离了现实生活，无异于雾里看花，不接地气的作品，就像无根的植物，等待的就是死亡。

著名作家、诗人张绍民这样评价紫紫的诗：好的短诗，这种实力就像潜行的种子，正在成为日出。

广东外语学院的文学博士何光顺教授认为：紫紫的诗特别适合那些经历了身心俱疲的红尘中的白领女士去阅读，当然，其实也是适合在尘世之网中挣扎的一切人来阅读的。

华南农业大学的文学博士王瑛教授认为： 紫紫的诗很性感。她很温柔，善待每一种经过自己的情绪，并在其中悄悄塑造美妙的形象。

在紫紫的诗歌创作历程中，她始终将以下几点贯穿其中：

第一，判断一首诗的好坏：没有辨识能力也就是判断力，是不可能写好诗歌的；第二，阅读打开视野，积累经验，获取智慧；第三，从现实中观察、获得创作素材；第四，诗歌的发现能力很重要：发现别人没发现的，才会吸引眼球。如果同是一个意象，而你用另一种去表达，那也是发现，就会有新鲜感，对读者产生吸引力；第五，诗歌要具有创新能力：一首诗歌如果用千人万人用过的手法去表达，就会出现审美疲劳；第六，诗歌要有深度、广度，才会具有杀伤力；第七，诗歌要具有自己的特色，没有特色，读者就记不住；第八，诗歌要有良知，对诗歌敬畏，让写作具有神圣感。

紫紫诗歌精选

◎ 从生活的山谷爬出来的文字

他用锄头翻开泥土
饱满的芋头露出来了，搓干净芋头上的泥土
喜悦放满了箩筐

取出水烟筒点燃一杆旱烟
很过瘾地吞吐几口，然后拎起累累的芋头
一根扁担挑起了秋意

今天是墟日
他必须在天亮之前赶到集上，把精心养大的乡土宝贝
给小贩何老板挑选

好像每一块收获，都能治愈老母亲的风湿病
好像每一块收获，都能给孩子添一件新衣
好像家里的油瓶，见底的油瓶
也能添满了

他不由得笑了，脚步加快了频率
翻过那座山，看见了喧嚣的小镇，秋风真是个好
一直推拥着他向前走

◎告别前

我真的无法遮挡
一片乌云的倾泻

幸亏乌云没跌落下来
枝叶沙沙的那棵树，只剩下
几根枝条在晃动

我紧握你的手一直在颤抖
父亲，你已八十多了，怕老，怕孤独
怕鸡一打鸣，我就乘火车
去了远方

父亲，你指着村口空置的老房子
我的家门，絮絮叨叨

父亲，你一手持蒲扇
一边喘着气，一边不时地为我驱赶着
身后的蚊虫

父亲，我们就这样行走在田埂上
父亲，我向你靠了靠，没人知道

◎ 我和他

走着，走着，就落在我的后边
隔不多久，我又停下回头等他

一条路，我等了他无数次
像我小时候，他等了我无数次

我搀着他的手：小心脚下石头
小时候，他拉着我的手：不要给石头绊倒

我说：回去可以下场棋，我让你两个子儿
小时候，他说：回去就可以下场棋，我让你两个子儿

夕阳西下，暮色，把父亲的影子照得越来越矮
越来越模糊

张况

张况的诗歌帝国

——中国诗歌网访谈主持人花语对张况的访谈

张况，著名诗人、文学评论家，祖籍广东五华，中国当代新古典主义历史文化诗歌写作重要代表之一，中国作家协会会员，中国诗歌学会理事，广东省作家协会主席团成员，佛山市作家协会主席，出版诗集《大秦帝国史诗》《大汉帝国史诗》《三国史诗》《大隋帝国史诗》等26部，主编诗文选28部，代表作有10万行21卷《中华史诗》。

花语：你是中国当代新古典主义历史文化诗歌写作的重要代表之一，中国当代新古典主义历史文化诗歌写作的特点是什么？有何意义？

张况：我所理解和崇尚的中国当代新古典主义，当然是有别于罗马古典主义和法国新古典主义的具有中国特色中国风格的诗歌美学追求。它从内容和形式、自由和范式的关系上进行全新的思想梳理和精神层面的剧烈变革，代之以庄重的社会使命感、人类普世价值和诗人诗性人格魅力、个人品德涵养的一种全新文本，它以潜在的全新的生活经验、底层意识为切入点，以活泼的逻辑思维和哲学思考，观照恢宏的历史、冷峻的现实、苍茫的未知世界，用更加清新典雅的语言、更真实可信的素材、更开放自由的抒情方式、更理性脱俗的表现形式来抒写大气而悲壮的人类历史，并以此为主要特点，彰显独特的诗学意义和文本色彩。在这一点上，我这些年的坚守似乎显得比较孤独，但这并不对我的写作构成障碍。相反，这种言说方式和抒情本质因其具有更纯粹更与世无争的抒写目的，而让我在文本意义上获得了与众不同的惊喜和清静。诗歌写作中，我与谁都不争；现实生活中，我与谁都不保持紧张关系。我从未鄙夷过任何一棵草，但我内心却永远长着枝繁叶茂根系发达的一棵参天大树，这棵树可柱长天、可作天梯，那是我一个人的文化理想与自我救赎之途。弱水三千，我只取一瓢饮，从青丝到白头，我只埋头写一首诗，那就是煌煌十余万行的《中华史诗》。我不急于让世人尽快发现它的潜在价值，正如我每天安于平淡无奇的庸常生活，我将继续不断修炼、不断充实完善自己，企望《中华史诗》能成为真正有高度有气度有风度的大器之作。我深信，研究中国当代新古典主义写作，《中华史诗》是绕不过去的。

花语：一个诗人最重要的品质是什么？对于一个诗人，诚实意味着什么？

张况：一个诗人最重要的品质是作品有禅味、有仙气，为人有傲骨、无傲气。诚实是做人的基本品格，对于诗人而言，诚实甚至比生命更重要。

花语：在诗歌之外，自评你是个怎样的人？

张况：我白天是煮字疗饥的庸常之辈，夜晚则是与宇宙精神相往来的精神贵族。

（节选，原载凤凰网、搜狐网、中国作家网、广东作家网、中国诗歌网等数十家网站）

张况诗歌精选

◎ 照见：天空之镜

天空之镜，照见天堂的颜色，照见茶卡盐湖的裸体
历史的五官清晰无比，那雍容的呈现，是首页的考题
透着史诗的暖；是天空赐予大地的宽广诗意
氤氲着难以磨灭的朦胧与真实
它们以颗粒，维护时间的结晶地位
让所有高居于味蕾之上的认知
激活了亿万斯年的记忆

神的镜子，是大地灵动的眼眸
她能照见鹰的雄姿、《楚辞》的断句
照见格萨尔王的太息，消失于一首长诗
她能照见唐宗宋祖的风采、照见成吉思汗的铁蹄
在梦一般的镜面上疾驰
将一个横扫欧亚大陆的伟大世纪
轻轻卷起
是的，她能照见一个民族伟大复兴的缘起
照见既往的一带一路，风一样拉动世界的视力
给人类栖居的水乳大地
留存最庄严的膜拜仪式

盐是时间的立方
她不是甜言，也没有蜜语

她雪白的圆满，上接天、下接地
以神谕的滋味，呈现一种辽阔之美
吐纳世间的风刀霜剑，抹平轨道留下的心迹
她避开俗世咸淡的执念，与云朵
成为天地间最洁白的孪生姐妹
她们的血缘，来自于不离不弃的坚持
她们眼眸里的春风，拽着天堂的歌声飞舞、加持

祁连山从不剃度的白发，透着雪意
像她们甩出去的绵延水袖，永难收回
她们洁净的气质，缠绕着生命的情义，感天动地
她们携手走进农谚，走进茶卡盐湖散落一地的履历
坚持或放弃，都非一时冲动的深思熟虑
那些流星般闪现的红男绿女
是她们前世就开始邀约的知己

我要是爱她们，就热爱她们的全部
我绝不会只爱她们的一半悲喜
我会截留天堂的颜色，抓住时间的笔
为这无边的苍茫大地，画一个巨大的谜
我会在这近似于无的空白境界里
为众生的平等，删却所有的杂质

◎送陆健、程维、雁西乘机场快线

作别默契今生的三位诗人兄弟
我看见澜石候机楼的机场快线

瞬间载走了秋天眼中的三尺迷离
汪洋何其辽阔，但它
终究盛不下兄弟们惜别的两行热泪
忙碌是另一种安逸，停下脚步
才晓得一千里的诗情背影渐远
内心只删剩一条切近中年的信息

水波是河流的皱纹
河流的皱纹，就是河床的年轮
皱纹和年轮牵着时光倒带
它们注定要用一生的不安分
来翻录自己履历上反向的隐痛，逆流的自尊
我是水的遗腹子
河流是我的父亲
而诗歌温润
它是诗人兄弟们共同的生母，一生的爱

秋风中行吟的诗人，从不相信春天
因为春天的色彩，实在过于虚幻
今生，我只相信河流的方向，诗歌的意志
我想我的三位诗人兄长一定也跟我一样
能在苍穹迅速拉开的不同航线中
感知父亲的疼痛，母亲的爱意，家的温暖
能在年复一年的别离中
聚合一百年不改的兄弟情义

◎答案

一加一等于二
没饭吃会饿死人
像这样弱智的答案
还得花多少年的漫长等待
才能揭晓

三加三等于六
中间那颗污点
是太阳的遗体
能警醒世界麻木的神经吗

四是两个二的总和
不认字的阿婆都懂的心算
却不知还要继续捂多少年
才能揭开它愤怒的答案

纠错乃是一种救赎和觉醒
再大的罪恶也能在轮回中自拔
为一个经不起推敲的错误命题
付出足够漫长的忍耐
这代价是否忒大了点

广场不是操场
左，左，左右左。这样的角力

绝非体育课能解决的世纪难题
一味往左拐，路也就跑偏了
右手的心里比谁都明白，自己膂力有限
要想扳倒左手，要想指望良心有所发现
那只能是一错再错

一代人沉默的记忆
已被时间的蛊销蚀殆尽
诗人的骨头，是磨得锃亮的遗训
今夜，我的眼睛在南方以远
再次沦为流泪的两个弹孔

张志伟

坐在岸边的思想者

张志伟，笔名古戈、阿半。20世纪90年代开始尝试诗歌写作，已在全国各种刊物发表过作品300多篇（首）。中国诗歌学会会员，广东江门市诗歌创作委员会委员，开平市新体诗研究学会副会长，著有诗集《坐在岸边》。

最初读到志伟的诗，是在江门市文联主办的《五邑文学报》上。记得那时志伟常常用“古戈”这个笔名发表诗歌。他的诗时不时在那份报纸上一整版一整版地发表出来，阵营庞大，蔚为壮观。读他的诗，对我而言，是一种心灵的放牧，是一种性情的陶冶，更是一种艺术享受。

后来，志伟的诗陆续在《人民文学》《北方文学》《敦煌》《作品》《中西诗歌》等国家级和省市级文学刊物发表，并曾在第二届全国青年文学作品征文大赛、“华夏杯”全国新诗大奖赛、诗歌月刊社第三届探索诗大赛等赛事中获奖。这些都是其诗歌创作实力的见证。

志伟的诗歌创作视野是开阔的，他没有闭门造车，也不是孤芳自赏。因为生活是他诗歌创作的源泉，身边的社会现实是他的诗歌萌生的土壤，因此他的诗大多具有强烈的现实主义色彩。可以说，他的诗是与社会生活紧密相连，与这个时代同呼吸、共命运的。他的诗歌触角广泛延伸，几乎无处不在，从乡村，到城市；从眼前的点滴，到历史的烟云；从栖身的小城，到祖国的大好河山，都是他酝酿诗歌的场所，或者说都是他无限诗情所表达的对象。

近几年来，志伟一直活跃于网络诗歌论坛上，备受诗歌界人士的关注。我相信他在未来的诗歌创作道路上，一定会不断迈向新的台阶，也一定会为开平侨乡诗坛乃至中国诗坛奉献更多、更精彩的亮点。（文/周小权）

张志伟诗歌精选

◎雨中黄河

楚河汉界。山与山的对峙
身穿戏袍的君主，粉墨登场
滔滔黄河之上
一对弈就是二千年

今夜，我在黄河的岸边
迎接一滴热泪的诞生
遥望长安。皇恩的浩荡
为江南名妓所哂笑

人杰也罢，鬼雄也罢
今夜的江山，在雾中

今夜，我在黄河的岸边
怀抱一柄未名的剑
听风从苍茫的远古而来
哪一只卒子曾失足河中
而谁又能将你打捞

蛰伏于民间。与青灯为伴
与线装书为伍
拒绝锈蚀的剑，在暗夜里

有着偶尔的铿锵的声音

古时的战场啊梦里的灯
今夜的剑，靠近我的胸口
而一滴热泪靠近了黄河

◎ 春天里的墙

春天。我踮起脚尖
用力攀缘一堵虚拟的墙
甚至渴望把自己的一双蓝眼
拿在手中，如两面镜子
可以随意地照进任一片黑暗

一朵艳丽的花在围墙之内
在裸露的身体上
我见证了花开的全过程
直至它的凋谢
不远处，有人在树下踱着步
身影模糊

花瓣掉落的姿态
近似于飞升的蝴蝶
春天里，我以为我已经表达了
其实我什么也没有说出

◎ 嘉峪关

跺一跺　一条河流
就干涸了
一片失去滋润的土地
将会更加的陈旧和苍凉

跺一跺　一个王朝的身影
就模糊了
斑驳的明砖
在夕阳的余晖中
我们艰难地界定了起点
又艰难地去寻找另一个终点

跺一跺　一个游子的胸腔
就空了
一片薄薄的乡愁
就使一座屹立的关隘
露出了倦容

朱复融

诗歌意识与审美的自我觉醒

朱复融，字从溪，号禅可。江苏淮安人，现居广州。现任羊城晚报出版社编委、艺术总监。广东小学生诗歌节诗歌进校园——诗歌公开课特聘诗词讲授专家、南方雅荷非遗小记者人文导师。诗涉新旧两体。迄今已在《人民日报·艺术》《中国新闻出版报》《博览群书》《文汇读书周报》等报纸杂志发表诗歌、散文、文学评论等200多篇（首）。其诗先后获得《诗刊》第二届全国“新田园”诗歌大奖赛三等奖、中国首届“太白杯”诗歌大奖赛二等奖、93’全国抒情诗赛三等奖等多项奖。诗歌作品入选《全国第二届新田园诗歌大赛获奖作品集》《如果我爱过》等十多种选集。《南方日报》等媒体以“以诗育心，播撒种子”为主题，多次对其“我挑诗词一担花”进校园讲授诗词的活动及诗词的普及教育问题进行采访报道。广州文艺市民空间为其主办了“一张诗意的小邮票：微信诗王朱复融诗词集《花城寄》分享会”，第八届广东小学生诗歌节作品音乐会开创性地将其诗词作品《约客》《湖畔嬉菱与女儿歌》编排为现代儿童剧目。著有诗文集《花城寄》《给天堂一个高度》《红楼梦诗词解析》《婉约词评析》及家庭教育专著《亲子教育蓝皮书》（5卷）等10多部。

朱复融认为，诗人是一种特殊的群体，诗歌曾以非常激进或者变异的语态与形式横扫诗坛，加上特定时代人的精神状态的某种必然，使诗坛被一种充分解放的亢奋状态所侵染。这种诗歌意识的自我觉醒一直延续并影响到现在，很多诗人是实验者，创造者，又是失败者。90年代以后中国民间诗群渐趋衰落，作为当代诗歌的现场者，他一直在困惑中梳理着诗歌影响力的减小和诗歌功能退化的深层次原因，这既有中国向工业化社会变革的原因，也有诗歌脱离本土诗学与审美基因过度引用和崇拜西方诗学的原因，也有诗坛本身为名利而巧立名目愈加浮躁的原因。朱复融后来在创作上接受传统诗歌的某些基因，正是觉得这种艺术审美基因太强大，即使诗人鄙视或者摒弃，但读者并不会与诗人同进，这种审美的断层不但没有减小，而且不断增大。

朱复融诗歌精选

◎路边的向日葵

世界上，一张最清晰的脸
安静地听着，根须汲水的声音
远方，总需要一些东西涂抹
风，把热烈的光吹开
绝不放弃，任何色彩

等待！一阵心悸的邮列
冲破黑暗的天空一角
为了一场无法回避的雨
让山谷，都在阳光下徘徊
每根透明的弦，拨动起来
声音虽轻，却很痛快

站立或者摇摆
无关未来，只关姿态

◎要有光

光让阴影躲到了它的反向
雨让寒秋的落叶接近晴朗

山被一只灰雁推到了远方
要有光，要有一条夜的闪亮
让上天的神谕经过一条河床

石器与时间在洞穴口较量
磨破了所有人类的手茧
要有光，岩崖边要有野麦生长

◎夜，破壳的阳

我听到远方的呼吸
从诵经中垂直而落
夜晚的沉重，抵达不了
一团光，站立的地方

或许，你的存在只是一会儿
却像破壳而出的承诺
光的每一根芒刺，接近神谕
刺痛黑暗，屋顶与壁墙

星辰，失去表达与语言
你给予力量，足够遥望
在没有月亮的夜晚
你代表月亮，温暖于窗

黑暗之上，金色的头盔

每一种格局，都有一种明亮

◎ 致辞

你说心总是想要飞的
隔着山，挥别是徘徊的翅膀

草又青绿，水又潺淙
天空的蓝轻易地碎裂了
落下一些芒刺与风棱
一半晦暗，一半明亮

你说那是送我的牧场
至今还在远方
太阳可以去
雪雨也可以去
我们一起去

我答应给你
一座毡房
几头牛羊
一朵纱裙像云一样
一团篝火煮着茶香
一群马驹轻蹄而跃
鸟语不用诠译
儿女个个欢畅

詹海林

留守诗的森林

詹海林，原名詹景海，别署月浅灯深，广东潮州人。跨文学和书画两界，系中国作家协会会员，中华诗词协会会员，中国诗歌协会会员，广州市美术家协会会员。出版有诗集《并非现实》《我的茅屋面向太阳》；散文集《破碎的水滴》。诗歌作品在《星星》《诗刊》《诗选刊》《作品》《诗林》《中国诗歌》等诗歌刊物发表并获奖。诗词作品入选《中国诗歌网·诗词人物》《诗刊》子曰诗社优秀青年诗人专栏联展。

自从在青葱的岁月读过席慕蓉和汪国真的诗歌，詹海林就迷上了诗歌。那时，思想的单纯和处世经验的肤浅，注定写不出深刻的好诗歌。祈望在诗意的天空飞翔绝非易事，报纸副刊所刊载的诗歌成了每天必读的功课，当一切成为习惯，诗歌的积累渐渐丰厚。他偶然读到海子，读到顾城，惊奇于诗歌的写法竟然可以这么奇妙。他从网络的魔手里，翻出诗人的旧作和事迹，流下了迟到的眼泪。王、葵花、村庄、子宫、麦子、麦地，这是来自海子诗歌的意象，有多少个夜晚，詹海林手里握着诗人的遗作沉沉睡去。海子带着沉郁和苍茫决然离开了尘世，这个时候，许多人还活在混沌的岁月里，沉迷如何获得更多的金钱和色欲的意淫之中。诗人的举动，惊骇了尘世，有些人突然觉醒，诗歌重新走进了众人的视野。

海子之后，顾城的诗歌是詹海林最喜爱的。顾城的诗歌给他语言和想象力的启迪。诗歌画面色彩感觉浓烈，形象生动，每一个意象的跳跃和联动，都显得那么恰当自如，仿佛是一道深山的瀑布，纯净、激越、灵动、自然。

海子和顾城的作品如果已经潜移默化到詹海林的血液和灵魂里，他说愿意切开血管，让鲜血滴落在诗笺上，化成诗行。因为他们，詹海林曾经固执地认为，中国固然有很多的诗人，爱上一两个诗人的作品就足够了！

写诗的人需要真正的沉淀，悲伤的、挫折的、爱情的、快乐的、迷茫的、痛苦的、浮躁的……都需要冷静下来，不带半分功利去写作，去抒发心灵深处的东西，这是像地下河一样的情感，在冷酷的现实之下的涌动。感情的表面是压抑的，但隐藏的情感更加炽烈，犹如火山喷发之前的岩浆。

詹海林认为，诗人的黑夜比白天漫长，大风常常吹熄他们高举的灯盏，在沉沉暗夜里摸索前行，有着太多的沉郁和问号。在诗人的前方，走着屈原、李白、杜甫、白居易、李清照、苏东坡、纳兰容若……他们的吟咏慷慨悲凉，而他的吟咏充满迷茫。城市发育，人心浮躁，可以供诗歌表演的舞台越来越少了，在诗歌的森林里，詹海林不是最后一群留守者，相信会有更多的人喜欢这儿清脆的鸟声、清新的空气，喜欢诗歌灵感的脚印像野兔，爬过心灵的沼泽地，喜欢诗意的野蘑菇和青草一样蓬勃生长……

詹海林诗歌精选

◎ 以文字的名义（组诗）

1. 收获的日子

我没有你想象的好，只可以做你天空上的月亮
这么多年了，我一直照着，你所有的园子，园子里的花草
我不是你想象的那样，勤奋刻苦，在下雨的日子里，会给你送一把
刻满唐诗的雨伞。不会，陪着你的闲愁，去和
风说话，然后从后面抱着你的腰，耳鬓厮磨

但我愿意告诉你，夕阳西下时的惬意，草蜢和螳螂追逐着
走向了月光的池子。在鸡蛋花四散飘落的时刻
我的眼睛里闪耀着，想你的泪光

2. 山冈，像睡觉的鱼

对面，是观音菩萨的金身，那么耀眼的晨光
你只能眯缝着眼睛。那边的鸟常常飞过来，念着动听的禅曲
双的变成了单
这边的鸟常常飞过去，偶尔，单的变成了双
你把头颅埋在水边，你是一条硕大的鱼
你载着我一次次的秘密，却不肯逃到河流里，躲藏起来

我再一次来了，秋天的野花不同一般
那些白色的细花蕾，总有几朵，点缀着黄或红
这让我想起那些年春风得意的日子
也想起我的青春像母亲的被单，只几年，就被岁月的泉水洗得发白

我是不是该去寻找遗失的情怀？情怀不老，只是个传说
一些行走时点亮过旅途的心灯，还能在草丛里找回吗
顺风的蝴蝶飞得很远，花朵追不上它的翅膀
阳光猛烈，一条弯曲的长路，我只走了短短的一截

3. 一个地方
一些心灵孤独的人，抽了烟或喝了酒的人，被情感灼伤的人
他们和我一样，常常躲到林子里，听白天和夜晚的鸟声
有时，他们变成一朵花，却闻不到香气
我最想做一只蜗牛，躲过耀眼的阳光，在月光下的石头上写诗
并不是所有的人，都热爱旅行，湖水里
鱼群在潜行，哪一尾我们曾经撞个满怀，从此受伤

总有一些牵挂，淡淡的像风，吹向了远方，却没了声息
有一些是非的藤蔓，一不经意
就会缠住裤脚。被露水绊住的行走，像梦，潮湿了心情
我偶然在石头的河滩里，捡拾水的精灵
也许，我抬头遥望山丘的刹那，眼睛略感迷茫

赵南成

广州给了他诗的激情和悟性

——记南国诗人赵南成

赵南成，广东化州人，两岁随任职中共广东省直属机关党委副书记的父亲迁入广州。他上省委东方红幼儿园，后来读小学、中学、大学，随后考入广州日报社当记者、主任……几十年来，他写下了300多万字的新闻作品，拿下了100多个奖励，被报社记功，并在《诗刊》《作品》《羊城晚报》等媒体发表了1000多首诗歌。他说："是广州给了我诗的激情和悟性。"

赵南成是中国诗歌学会会员、中国散文诗研究会会员、广东省作家协会会员、广州市文化战略研究所特约研究员、广东省朗诵协会文学顾问，不久前又任职广州诗社副社长，是一位著名的作家和诗人。他的诗清新婉约，文采斐然，诗情奔放感人。在过去出过两本诗集的基础上，2010年，他的诗集《像雪飞过心灵》由广州出版社出版。该诗集收录了赵南成30多年来主要的诗歌作品，这些作品分别在《诗刊》等报刊上发表。其中《红苹果》获全国"圆梦之旅"散文诗歌大赛优胜奖，《黑夜的声音》入选《羊城晚报花地五十年精品（诗歌）集》。著名诗人洪三泰认为"赵南成的诗有独自燃烧的亮点，这些20世纪80年代写的诗可贵之处是有真情，有激情。《我坚信》中有奋进的力，力透纸背。"著名诗人、《诗刊》编委刘章则认为"诗是诗人心灵的歌唱，出我心，入你心，有益人生，有益社会。赵南成的一些诗正是这样的诗"。

2018年2月，赵南成多年来撰写的30多篇诗歌评论结集为《诗意，在美学的阳光中绽放》一书，由广东教育出版社出版，原国家文化部副部长于幼军为该书作序。此书的出版表明赵南成先生不仅是一位诗人，而且是一位对诗有深刻见解和悟性的诗歌评论家。

赵南成诗歌精选

◎只等你轻声唤我

众荷喧哗
而你是挨我最近
最静
最最温婉的一枝
要看　就看荷去吧
我就喜欢看你
撑着一把碧油伞
从水中升起
我向池心
扔过去一粒石子
你的脸
便哗然红了起来
惊起的
一只水鸟
如腾空的火焰
掠过对岸的柳枝
再靠近一些
只要再靠近一尺
便可听到
水珠打转在你掌心
你是喧哗的荷池
一朵最最安静的

夕阳　纯洁的心
蝉鸣依旧
依旧如你独立
众荷中时的沉寂
我走了
走了一半又停住
等你

等你轻声唤我
用小鹿般的期待
等你

◎ 绿水清幽

你来自天空　来自山涧
梦一般的绿　给我以
窒息般的快感
在极致的昏眩中逃离

犹如姑娘的眼睛
清澈见底又深不可测
谜一般的绿
使欲念坐化为沙石

我在波浪中燃烧
让灵魂带着伤痕突围
以利刃般的决绝冲出水面
却依然跌进柔软的胸脯

冰冷却灼痛神经

你是三月的草
是圆润晶莹的玉
是阴暗般行走的时间
是高空中跌落的星星

浅绿、深蓝、轻紫
孕育生命的激情
却以鹰击长空的速度
宣告无可抗拒的死亡
以及万念皆无的宁静

◎ 队列莲花

漫不经心的排列暗合太极
宁静的美丽从容不迫
鲜红的睡莲　厚重的大王莲
使虚无从水中向岸蔓延
彼岸白莲以清澈慈悲绽开
风吹柳树　“般若”成为血液

万物纷争　何必去想
生死只是定数
似黎明前的晓星
在缓慢的心跳中
气息如莲之清新

搏动的悬念如月光般入静
即使霞光万丈　依然月光如水
于是在天空后面　聚集清凉的舒适

从水中伸向陆地
是生命莫名的进程
在佛的祥光中
我们是有罪的
用一生去救赎　试图超越
却无法解脱　因为污泥已深入骨髓

如果生命是个错误
我只能选择死亡
如果死亡也是错误
我只能选择永生

然而事实却南辕北辙
内心蒙上磐石般的阴影
虽然呼吸　却无法决定自身
以出水芙蓉般的清丽
承载色空的秘密

我知道神的推手
曾接触过我的身体
那是一朵白莲的清丽
带着洪荒旷远的野性
和来自宇宙深处的体温

赵俊杰

他在用诗歌重塑一具人身

这两年，广东诗歌圈有个人有点红，他的名字叫赵俊杰。

诗歌创作逾20年，高中阶段患抑郁症无法解脱，大量阅读俄罗斯诗人普希金、莱蒙托夫作品，没日没夜地待在画室。他从那时起就小有诗名。念书期间他写作近五百首诗歌，家人没法理解这种行为，在一次搬家中遗失所有书稿和画稿。

旅美艺术家、诗人金重说："《大篷车》需要一位全新、惊奇的诗人，赵俊杰是个灵魂会出窍的人。"他的五首作品入选《大篷车》，其中包括获得普遍认可的《重塑金身》。显然，《重塑金身》不只是诗人在衡山求愿寺院亲眼见证的一个场景，而是诗人剥除伪善的肉身，寻求更加深层次的事物了。

2013年他创立大恺群智广告传播机构，发起组建了"大恺文化""大恺诗歌"两个诗歌及艺术社群，他做的大恺平台是一个公益性质的社群，立足为"最具可能性的诗人""被遮蔽的诗人"发表作品和撰写专评，推出和发掘多位具可能性诗人，造成社会及圈子影响力，并链接国际国内各大发表刊物，在诗人圈卓有影响力，被诗人评价为大恺文化是最有骨气，坚挺，血性和爆发力的诗歌平台。正因为大恺平台的用心，被多座城市邀请"走进"，与多所城市的诗人交流。在广州又与一群诗人组建"粤港澳诗歌论坛"，站在时代的高点上，用心为诗歌做点事情。

他主张诗人的批判重点是批判自己，回到自己的身体、情绪以及心灵，他的《雷》《舍利子》《荷塘月色》《广济禅寺》《荷》等一批诗歌正是这一核心创作理念的结晶。写作对于自己是残酷、深痛和炼狱，诗意来自漆黑大海中打捞出的星光。每一个写作的阶段，他都在剥除一层皮，悬崖筑巢，新喙长出。下一步他会将更多的时间投入诗学的研究和诗歌写作，历史是苦痛的、时代是苦痛的、命运是苦痛的，赵俊杰在用诗歌重塑一具人身！

赵俊杰诗歌精选

◎ 重塑金身

为了躲雨
我走进了一座破败的寺院
看到
一尊佛陀
四周围了脚手架
有工匠在一边抽烟
屋顶漏进来的雨
噼里啪啦
打到佛陀的头上
雨水顺势流淌
流遍了
刚刚重塑的金身

◎ 跑步

我跑到一个拐角时
突然闻到了
很浓的花香
再跑
花香慢慢消失了
为了再吸上一口花香
我又绕着体育场跑了一圈

◎结石

身体内
挂着一块结石
一粒小米大小
长成一颗黄豆
十年时间里
医生多番劝我手术
我不忍痛割爱
结石在身体的内壁上缓慢生长
我却视如知已
在腹腔镜下
豆子大小的结石
展露珍珠般的才华
仿佛看到
一名攀岩者
长久的跋涉
一名苦行僧
十年如一日的修行

阵风

当一名诗歌志愿者

2005年，阵风与雪克、胡童、林馥娜创办了《南方诗报》。这份民间诗报的办报宗旨是在揭阳、粤东，乃至南方亮出他们的旗号，策应“诗歌大省”，辐射全国；选稿不认人只认稿，选稿不拘地域男女，选稿不管哪个流派。尽管维持不到两年，但其意义与影响已经载入文学史册。从这一时期开始，他的诗歌创作进入多产期，出版了个人诗集《郑培亮短诗选》。在广东短信文学大赛中，他的6行短诗《橡胶树的自白》获月赛一等奖，短诗《瀑布》获“天涯论坛”短信文学“最旺人气奖”；诗作先后入选《中国新诗年鉴》《天使之歌》《导火线》等合集，并陆续在《作品》《南方都市报》《广州日报》《中西诗歌》等报纸杂志发表。乃至近日，还被相关机构评为“百年新诗百位最具活力诗人”。

实际上，他在多个场合多次表达了这样的诗观：诗歌是个人的心灵独白，是智慧的水珠。这就是他总是“躲进小楼成一统”的原因。2005年后，他在推动广东诗歌创作方面做了一系列有用的“志愿者”工作：如推介陈江涛、蔡小敏等新一代诗人；组织揭阳诗人与外界互动；在《揭阳日报》开辟诗人专栏，并在该报公众号设立诗人“荐读”栏目(这在全国党报中属首创)； 在《三江瞭望》杂志陆续推出“揭阳诗人”专辑；同时担任多个诗歌社团顾问、开设诗歌讲座、为各种诗合集作序写记……

说实在话，他这人怕“热闹”，总是以朱自清的“热闹是他们的，我什么也没有”来约束自身，平时为人行事低调，但在推动诗歌创作、扶植本地诗人这方面却十分高调卖力，为了推动揭阳乃至粤东的诗歌创作，他是出了一些“暗力”的！

他很怕人叫他“诗人”，他说，他还是当一名志愿者，继续为诗歌做点力所能及的事吧！

阵风诗歌精选

◎逆流

顺流而下，听不到
黄昏与夕阳的相互叹息
黑夜的来临
没有通知，山巅滚下一块石头
游客们七天七夜的猜测
山泉照常歌唱
行进的速度无关信仰
一些鱼，逆流而上
它们寻欢作乐
它们繁衍生息，而后死亡

◎冒险者

穿越。那些诗人礼貌地
成为旁观者
看着你，固执地相信远方
金矿闪亮，贴满标签
无数次的欺骗
令空山回响，森林的浪涛汹涌
小鸟冒充使者
前路无人，探险者的尸骨风化
他们的灵魂藏在树上
永远沉默。而他们倒悬的姿势
我们一清二楚

庄生

与诗同在

庄生，原名庄生凯。现居深圳。出版诗集《冷的光》，诗文集《火焰的脸上》。有诗作入选《特区文学》《人民文学》《新世纪诗典》《中国诗歌年鉴》等。部分作品被翻译成英语、法语、德语和越南语等。曾入围第七届张坚诗歌奖。入选2013年“御鼎诗歌奖”。被《深圳商报》誉为“网络读诗第一人”。

庄生在读初中的时候，因为住宿，喜欢把午餐的费用省下一半，放学后，骑自行车寻找小县城的旧书摊。他就是从旧书摊上，读到了泰戈尔、鲁迅、雨果、大仲马、托尔斯泰……

2010年，他每天跟读伊沙推荐的新诗典的作品，第一次觉得诗原来可以这样写。他拿起了笔，写下了诗，第一首正式的诗发表于徐江主编的《葵》，这给他带来了莫大的鼓励。

后来，一组诗被王小妮推荐发表于《特区文学》，从那个时候起，每隔一段时间就会有诗发表于《特区文学》，王小妮成为他诗歌创作上的第一个恩编。而第一首《父亲的模样》登上新诗典，又给他坚定了写口语诗的信心。

对于诗来说，他无法不由衷地谦卑，敬畏万物，无法不由衷地热爱生命带给他的一切感动。而所有对他诗歌创作的批评，他一直视为鞭策和鼓励。

在诗的影响上，还有一个人不得不提，就是诗人韩东。从陌生到见到韩东本人，完全颠覆了他对大诗人的认识，一点架子也没有，而韩东的诗与他秘密相遇时，总能带给他惊喜。他在写诗遇到困惑的时候，他就很喜欢从书架上抽出韩东的诗集《重新做人》，每一次读完都会带给他内心的平和与安详，让他知道在诗上，只能用一生心血去倾注，诗才能历久弥新。

庄生诗歌精选

◎ 白乌鸦

天下乌鸦一般黑
可小不点说
拔光了毛
就不黑了

◎ 在超市

在超市
我看到一位老太太
她买花生米
就拿花生米往嘴里嚼
买葡萄
往嘴里塞
也不怕酸
买柿子
捏碎了一颗
好的
买咸鱼
把鱼拿到鼻子底下
猛嗅
最后
买单时
不忘了
在卖衣服的摊子上
抹干净双手

钟伟业

诗歌是一种倾听与遇见

钟伟业，笔名钟佛禅。广东廉江人。中国散文诗作家协会会员，湛江市红土诗社社员。作品发表于《山东文学》《散文诗》等刊物。作品入选《中国当代散文诗2016》《2016中国魂·散文诗选》等选本。作品荣获散文诗杂志社“中国校园作家大奖赛”提名奖；广东省廉江市第五届文化艺术精品奖文学类短篇二等奖等奖项。著有等待出版的诗集《流淌缤纷》《遇见莲华》。

2010年，他的散文诗《惜花》发表在内蒙古呼和浩特市《文苑》，收到稿酬30元和1本样刊，令他深受鼓励。2011年，他的三首诗《闪动的秋光》《易逝的秋景》《风景》发表在《山东文学》，这三首诗获得2015年廉江市第五届文化艺术精品奖文学类二等奖。

后来，岭南师范学院人文学院的张德明教授向他约稿，他发了三首诗给张教授后，张教授写出评论，发表在《湛江日报》。其中一首《夏日情怀》获得由广西大学主办的第十二届“绿城文学”杯全国文学艺术创作大赛文学类铜奖。他的诗歌得到评论家的认可，使他的创作热情进一步提升。

2014年10月，他的组诗《寻找神迹》获得由《散文诗》杂志社主办的“中国校园作家大奖赛”提名奖。2017年12月，他的散文诗《生命的沉思》荣获广东省廉江市第六届文化艺术精品奖文学类短篇三等奖。

他的诗观是：在现实主义和理想主义之间，把握灵感深处的情感之火，用心灵抵达诗艺的真谛。他认为诗歌是一种倾听与遇见，而散文诗是一种沉思与升华。他热爱着这两种取长补短的文体。他相信写作、念佛可以净化心灵、提升领悟能力，了脱生命轮回的痛苦，永得安宁。

钟伟业诗歌精选

◎ 秋夜的声音

耳朵聆听远处的歌曲
昆虫总是低下头吟唱
也许壁虎的眼睛躲在窗外
听秋夜的细碎音滑落
那棵树的叶子渐渐变黄

触动一滴水的冰凉
收回颤抖的手
我枕着月光静心听佛经
好像所有的疼痛
化成花瓣
不再留恋于枝头

我遇见透明的露珠
挂在密麻的竹枝
蚂蚁爬在路上
与我的灵魂直视
寻觅甜蜜的归处

◎ 乡村物语

在乡村生活时间越来越长
熟悉身边的景物
车轮奔跑在路上
距离远了或近了
花朵依然在那里等候
不要以为情绪的低落
影响一只鸟的飞翔高度

花丛中的香味
留给敏感的泥土吮吸
燕子在蓊郁的绿风里
瞬间剪出灵动的黑玫瑰

芭蕉展出青色的果实
雨水打湿一只神秘鸟的羽毛
我缓慢拾起那朵细小的花
装进口袋，藏住它的余香

后记

经过长时间的组稿和反复修改，《岭南诗意——走近广东诗人》终于与读者见面了。

在此书编辑过程中，诗人老刀经常关心指导相关工作，还亲自组稿及联系出版事宜。其间，我们多次开会研讨，几易其稿。由于篇幅所限，我们先后还对个别诗人的介绍材料做了些删减。在整个编辑出版过程中，我们还得到了诗人朋友们的鼓励支持与密切配合，尤其是得到了广东省作家协会、广州市作家协会有关领导及羊城晚报报业集团副总经理、著名诗人、评论家温远辉先生的关怀与支持，使此书顺利出版。对他们的辛勤付出，在此一并致谢！

我们期望此书能让诗人们更好地相互交流，给广大诗歌爱好者启发和激励，为诗坛添枝加叶，为广东增添诗意，让每一个热爱生活的人都能拥有诗和远方。

编者

2018年5月18日